Los últimos jinetes de dragón de
Bowbazar

Indra Das

Los últimos jinetes de dragón de
Bowbazar

Traducido por

Rebeca Cardeñoso Viña

Corrección por

Pilar Caballero

Título original: *The Last Dragoners of Bowbazar*
© 2023 Indrapramit Das, by arrangement with CookeMcDermid Agency Inc. and
International Editors & Yáñez' Co. Literary Agency. Originally published in English by
Subterranean Press.

Todos los derechos reservados

© de la traducción: Rebeca Cardeñoso Viña, 2024
© de esta edición: Duermevela Ediciones, 2024

Calle Acebal y Rato, 3, 33205, Gijón
www.duermevelaediciones.es

Primera edición: julio de 2024

Ilustración de la cubierta © Tran Nguyen, 2023
Corrección: Pilar Caballero
Diseño e ilustraciones interiores: Almudena Martínez
El mapa de Calcuta, fotografía y láminas de estudio son de dominio público

ISBN: 978-84-127672-8-5
Depósito Legal: AS 01778-2024

Impresión: Kadmos
Printed in Spain — Impreso en España

Para Aveek, mi tío y amigo, que fue el primero en recomendarme que leyera a Borges y el primero en prestarme un ejemplar de Orlando *de* Virginia Woolf. *Si pudiera darte este libro en persona, lo haría.*

No me importa lo que pueda ocurrir después;
he visto los dragones en el viento de la mañana.

Ursula K. Le Guin, *La costa más lejana*

Primera parte

1

Tengo grabado un recuerdo de mi abuela enseñándome las flores extrañas de un árbol, que no se parecían a nada que hubiera conocido. Estábamos de pie en un jardín cubierto por el manto de una neblina fría, en el que el sol del alba dibujaba bordados dorados. El árbol —o arbusto— era bastante pequeño, pegado a la tierra, y parecía marchitarse en una languidez otoñal; sus ramas delgadas y retorcidas estaban desnudas, a excepción de algunas cápsulas marrones y secas que colgaban con pesadez en el aire brumoso. Mi abuela me indicó con un gesto que me acercara para ver que el tronco y las ramas estaban cubiertas por un pelaje fino. En su mano manchada, aún tersa y libre de los estragos del paso del tiempo, cogió una de las cápsulas marrones y secas —o flores, o frutos— que pendían sobre mí y la bajó con delicadeza para que pudiera examinarla.

No era una cápsula en absoluto. Con un cuidado que evidenciaba su experiencia, separó con un empujoncito las hojas anchas y enrolladas, abriéndolas para revelar lo que ocultaba en su interior.

Los anchos pétalos de la cápsula eran las alas marrones de una criatura que entraba con holgura en la cuna rosa de la palma de mi abuela, como un murciélago. La cola era el fino tallo que lo conectaba a las ramas del árbol. Y, hecho un ovillo en el abrazo de sus propias alas, estaba el cuerpo encogido de la bestia; sus seis extremidades se aferraban al torso con la fragilidad de los insectos, la cabeza afilada y espinosa parecía el pistilo de una flor, tenía el cuello curvado cubierto por una melena de pelo blanco que parecía salpicada de rocío, como los delicados filamentos de una semilla de diente de león. Las gemas de sus ojos quedaron para mi imaginación, pues los tenía cerrados, sumida como estaba en algún sueño profundo.

—Es un dragón —dije, para revestir aquel momento con el ámbar de la realidad.

—Sí, lo es —contestó mi abuela con una sonrisa orgullosa. No supe discernir si estaba orgullosa de mí, del pequeño dragón al que sujetaba por las alas marrones, finas como el papel, o de ambos—. Aquí los llamamos la rosa alada de Bengala.

Era lo más hermoso que había visto en mi vida. Recuerdo la felicidad inmensa que me invadió al observar aquel feto de dragón floral que crecía en un árbol del que se ocupaba mi abuela, al descubrir que los dragones eran reales y crecían en los árboles, al preguntarme si la gente lo sabía.

No fui capaz de creérmelo de verdad, y así fue como el recuerdo se convirtió en un sueño. Me convencí a mí mismo de que no era un recuerdo verdadero, porque los dragones no existen.

¿Por qué no le pregunté a mi abuela después? ¿A mi familia? Por supuesto que lo hice, y me respondieron: «Los dragones no existen, fue un sueño». Si el árbol de dragones era real y mi familia tenía el privilegio de ocuparse de una maravilla así, ¿por qué iban a mostrármelo solo una vez, cuando era pequeño y acababa de descubrir lo que eran los dragones gracias a los libros y a los dibujos animados y a las películas en cintas de VHS piratas? Los dragones no existen. Me dije a mí mismo que los había convertido en reales en el sueño porque mi padre había escrito sobre ellos en su breve carrera como autor (por aquel entonces era demasiado joven para leer su novela, *La hija del dragonero*, pero él me había leído algunos fragmentos), y porque había leído su ejemplar amarillento de *El Hobbit* de Tolkien muchas veces y me imaginaba a Smaug en las sombras alargadas de las nubes del monzón. Aunque los dragones que vi colgando de aquellos árboles no se parecían en nada a lo que yo me había imaginado.

Ahora sé que olvidar y recordar era un ciclo que había vivido muchas veces, una serpiente que se comía la cola.

2

Cuando iba al colegio, me llamaban la serpiente de ninguna parte.

Lo que querían decir mis compañeros de la escuela masculina de San Lorenzo era que yo no sabía de dónde venía. Era indio, por supuesto; tenía la piel marrón y el pelo negro igual que ellos, eso era evidente, pero no contaba. Cuando me preguntaban qué era mi familia, me encogía de hombros y contestaba que no lo sabía. Era la verdad. No sabía si éramos hindúes o musulmanes, cristianos o vete a saber qué. No sabía si éramos bengalíes, angloíndios o marwaris (hablo bengalí, inglés y un poco de hindi, igual que mucha gente en Bengala Occidental). Según mis compañeros, yo «parecía» chino o de la zona nororiental, un naga; se referían a que parecía un miembro de una tribu del recóndito estado de Nagaland, pero «naga» también significa «serpiente». Tenía un apellido cristiano (George) y un nombre raro (Reuel), pero no parecía saber mucho de cristianismo. Así que me llamaban la serpiente de ninguna parte. Yo les decía que las serpientes no tienen los ojos rasgados, que era la razón por la que afirmaban que parecía nororiental. Pero ellos ignoraban esa lógica, porque la lógica no es amiga de la crueldad ni del racismo. Mi piel era tan marrón como la suya, pero yo era el eterno diferente.

La serpiente de ninguna parte.

En sexto curso, cuando mi familia comprendió que no vivimos en un país (o en un mundo) en el que una persona pueda elegir liberarse del peso de las etnias, las religiones y otros indicadores de identidad, me sacaron del colegio y a partir de entonces se ocuparon de mi educación en casa. Me habían inscrito en San Lorenzo con la excusa de nuestro apellido, pero no me habían enseñado a fingir que era cristiano. Habían subestimado lo difícil que es no ser nadie para un niño.

Pero cuando le preguntaba a mi familia quiénes éramos o de dónde veníamos, sus respuestas difusas en esencia repetían «de ninguna parte». Éramos la única familia de Calcuta que no pertenecía a ninguna etnia. Por supuesto, eso es imposible. Todos los nacidos en la Tierra pertenecen a alguna etnia. Es, por desgracia, una marca que dios deja en nosotros. Es decir, es una marca que nos imponemos a nosotros mismos, hemos aprendido a escribir, a describir nuestras diferencias y a explicar cómo podemos protegernos unos a otros de nuestros propios odios aferrándonos a las manadas y a las tribus que hemos formado a través del lenguaje.

Mi familia pertenecía a una etnia, pero yo no sabía a cuál. A día de hoy, esto se interpretaría como que mi familia me hacía una siniestra luz de gas. Y, de alguna forma, así era. Pero, ahora que soy adulto, comprendo que el lugar del que proviene mi familia, del que provienen nuestros ancestros, es difícil de describir. Porque no es, en el sentido tradicional de la palabra, un lugar real o una cultura real. O, por lo menos, nuestro idioma lo ha convertido en irreal. Nuestras reglas lo han convertido en irreal. Nuestro mundo lo ha convertido en irreal.

Como me respondían a menudo mis padres cuando les preguntaba de dónde era nuestra familia: «Si te lo dijéramos, no nos creerías».

Es mejor no ser nadie que ser tomado por loco.

3

Un recuerdo: mi abuela escarbaba un agujero en la tierra del jardín con las manos desnudas, con las uñas ennegrecidas de tierra hasta convertirse en lunas negras. Junto a ella había un fardo en una tela de cuadros, algo envuelto en una toalla gamcha. Mi padre estaba agachado a su lado sosteniendo una pala que seguramente había usado para empezar a cavar el hoyo. Cuando el agujero en la tierra húmeda (a lo mejor había esperado a que las lluvias la ablandaran) tenía más de un metro de profundidad, mi abuela desenvolvió el fardo que tenía al lado. Hasta mí llegaba el intenso aroma de la tierra húmeda que emanaba del hoyo. La delicadeza con la que retiró el envoltorio me recordó a la de alguien que sujetaba a un recién nacido, enrollándolo y desenrollándolo. Pero, en lugar de un bebé, bajo la tela había un huevo, enorme y pálido como la luna en el cielo. No fui capaz de discernir si la cáscara era del color de la luz de la luna o si era el reflejo de dicha luz lo que le confería ese brillo perlado. Dolían los ojos al mirarlo, emitía un resplandor fractal que lo dotaba de una profundidad en espiral, como si su forma esférica contuviera una escalera infinita que se curvaba sin cesar, una espiral de Fibonacci sin eclosionar escondida en el interior gelatinoso de la cáscara.

Mi abuela acunó el huevo, que tenía el tamaño de un bebé humano, y lo posó con suavidad en el suelo. Después, con mucho cuidado, lo enterró, de nuevo con las manos desnudas, hasta que mi padre le dio el relevo. Parecía un funeral, tan solemne como un entierro, pero había una cualidad dichosa en la manera en que mi abuela contenía una sonrisa. Yo la observaba envuelto en el calor de mi madre, que me sujetaba entre sus brazos, y sentía su piel vibrar con la canción que tarareaba a coro con el resto de nuestra familia. La familia al completo estaba de pie rodeando a mi abuela y a mi padre, que, arrodillados, terminaron de enterrar el huevo. En el jardín no había más luz que la que reflejaba el universo en el cielo nocturno y la que reflejaba la ciudad en el aire bajo ese mismo cielo. La luna estaba casi llena, y se veían las estrellas. La luz era clara, nuestras sombras, fuertes. La familia cantaba, una canción que parecía triste, en un idioma que yo no entendía, pero que se elevaba con una fuerza que parecía venir de más allá de las luces de este mundo.

4

Una vez, cuando todavía iba a la escuela, le pregunté a mi madre:

—Maa, ¿nosotros somos naga?

Mi madre se detuvo con las sábanas a medio sacudir y la escoba en la mano.

—¿Ya están tus amigos otra vez metiéndose contigo?

—No —mentí; no quería que me interrogaran de nuevo sobre el acoso que sufría.

Chasqueó la lengua y golpeó la cama con más fuerza que antes, levantando una nube de motas de polvo que definían la luz de la ventana y enmarcaban a mi madre como un dibujo al carboncillo, con sus muchas trenzas serpenteantes golpeándole la parte baja de la espalda. Estornudé.

—Los nagas tienen su propio pueblo. Nosotros no pertenecemos a su pueblo, tenemos el nuestro. La gente quiere saber de dónde vienes para así sentir que saben algo que en realidad no saben. Ven tus ojos y dicen que eres un naga, o un mizo, o que eres de China, porque creen que conocen a esas gentes o esos lugares, piensan que esos sitios son extranjeros, incluso Nagaland, y que eso los hace mejores que tú porque ellos no son extranjeros.

Maa era una persona solemne y odiaba desperdiciar el aliento en palabras vacías. Nunca había hablado tanto de seguido. Para mi sorpresa, continuó hablando y azotando la cama.

—La. Gente. No. Sabe. Nada. Sobre. Nagaland. Ni sobre China —dijo, y se detuvo para limpiarse el sudor de la frente y apoyarse la escoba en la cadera—. Sobre todo, no saben nada de quiénes somos ni de dónde venimos. Las mentes estrechas no son capaces de contener lugares verdaderos. ¿Lo recordarás? La gente no sabe nada.

Estornudé otra vez.

—¿Tienes catarro? —preguntó maa, inmune al polvo que saturaba la luz de la ventana.

—Pero ¿de dónde somos entonces? —pregunté.

—Ya te lo he dicho.

—No me lo dices nunca.

—Sí que lo hago. Nuestra gente es nómada. Nos mantenemos en movimiento. Hay muchos de nosotros por todo el mundo, pero somos gente solitaria y no nos gusta llamar la atención.

—¿No tenemos religión?

—Lo que veneramos no es asunto de nadie. El lugar al que hemos venido, al que ha venido nuestra familia, como nómadas, es este. Calcuta. Si alguien pregunta, la única respuesta que importa es que somos indios. ¿Entendido? Vivimos en este país, igual que ellos.

—¿Tengo pasaporte?

—No.

—¿No necesito uno para ser indio?

—No seas como esos entrometidos de la escuela. No necesitas nada más que el cuerpo que utilizas para estar aquí. Ahora vete a hacer los deberes.

—¿Tenéis pasaportes baba y tú?

—Ponte con los deberes o te vas a ganar un coscorrón.

En otra ocasión, le pregunté a mi padre por qué teníamos un apellido cristiano si no éramos cristianos.

—No es más que un nombre, Ru. Los nombres no pertenecen a las religiones —respondió mientras limpiaba su pipa de cristal.

—Pero, baba, en el colegio los niños dicen que sí.

—¡Sorpresa! Los niños del colegio no lo saben todo —me dijo, acariciándose la barba. Un eco del refrán de maa: «nadie sabe nada»—. Pero. Ya que lo preguntas, nuestro apellido es George porque san Jorge mató a un dragón. Una simpática ironía.

Lo dijo muy ufano, como si un preadolescente no pudiera entender a qué se refería. Tenía razón, yo no tenía la menor idea de dónde estaba la ironía, pero me quedé con sus palabras, pues había visto cuadros de san Jorge y el dragón en nuestra casa.

Cuando se metieron conmigo en el patio del colegio, respondí:

—Somos indios, pero somos descendientes de san Jorge, que mató a un dragón.

Me dijeron que los chicos con mi aspecto no pueden ser descendientes de santos cristianos. Para mí aquello no tenía ningún sentido; en la escuela, los niños cristianos eran tan morenos como los demás. Le di un puñetazo a Joseph, el chico angloíndio bajito e irascible que lideraba la respuesta y pronunciaba con entusiasmo insultos racistas. Cayó como un árbol, pero sus dientes me dejaron una cicatriz en uno de los nudillos, un mordisco de dragón, mientras la justicia corría por mis venas. Me expulsaron temporalmente (y recibí la dolorosa vacuna contra el tétanos y una bofetada de mi madre, menos dolorosa pero firme).

Para mi sorpresa, cuando volví a la escuela después de mis dos días de expulsión, Joseph se me acercó a la hora de comer, en el patio del colegio achicharrado por el sol, y me ofreció una hosca disculpa. Estaba receloso, listo para repeler otro puñetazo. Tenía una costra en el labio, recuerdo de nuestro reciente enfrentamiento. Me sentí más poderoso de lo que me había sentido nunca en la escuela al escuchar sus palabras: «Siento haberte pegado». Acepté la disculpa con un asentimiento silencioso, benévolo pero firme.

Mi ataque había estimulado la imaginación colectiva. San Jorge vivía en mi sangre. Había plantado una semilla en las mentes de los chicos. Era descendiente de matadragones. No querían ser amigos de la serpiente de ninguna parte, pero ahora me respetaban. También era san Jorge, el asesino de serpientes. La serpiente se come su propia cola.

Así que seguí contando historias como moneda de cambio para ganarme su respeto. Para compensar mi otredad. Cuando mis compañeros se acercaron a mí y me preguntaron cómo había sido darle un puñetazo a Joseph, aproveché la oportunidad para contarles más sobre el origen de mi valentía y mi ferocidad. Les expliqué que mis padres guardaban altares de dragón en nuestra vieja casona, que venerábamos lo que matábamos, que comíamos carne de dragón y que veníamos de un lugar secreto. Éramos nómadas venidos de lugares ignotos, habíamos llegado a Calcuta sobre las alas veloces de bestias que habíamos domesticado. Por las noches bebíamos copas de sangre en vez de té, como plegaria a las serpientes de bronce que se enroscaban en nuestras paredes con alas de incienso.

Algunas de esas cosas eran ciertas para mí en aquel momento. Algunas eran falsas. Algunas eran más ciertas de lo que yo imaginaba. Pero, fuera cual fuera la verdad, los George pasaron a ser conocidos entre mis compañeros como integrantes de un culto secreto a los dragones. Esa fue mi restitución.

Uno de aquellos días calurosos en el patio resplandeciente, Ranjan, un chico de mi clase, me trajo un lagarto pálido que según él había caído del cielo. Era un chico bajito, tenía los ojos muy abiertos y parecía perderse en su uniforme demasiado grande. Su sórdida excitación al sostener al animal por la cola me recordaba a Gollum, de *El Hobbit*, haciendo bailar al lagarto con sus sacudidas.

—¡Lo vi caer del cielo! ¿Es un dragón?

—Sí —respondí, abrumado por una extraña sensación de reconocimiento al mirar al geco blanquecino.

Resbaló de los dedos de Ranjan y cayó sobre la hierba tapada por arena. El lagarto sacudió las patas en el aire, apenas vivo. Lo más probable era que hubiera caído del pico de un azor o de un cuervo, si es que de verdad había caído del cielo.

—¿Dónde están las alas? —preguntó Ranjan.

—No seas estúpido, es un tiktiki —intervino otro estudiante que se había acercado a echar un vistazo.

—No se ve bien, está todo lleno de sangre. Los lagartos no vuelan. Pero ¿dónde están las alas? —dijo Ranjan.

—El chico serpiente es un mentiroso y tú eres tonto —se burló el recién llegado.

Le lancé una mirada asesina, apretando el puño vendado para recordarle mi propensión a la violencia. No dijo nada.

—Cuando son tan pequeños, las alas son muy delicadas. Como telas de araña. No estaba listo para volar. Lo más seguro es que se las haya arrancado el viento —dije.

El otro niño resopló y se alejó para volver a unirse al partido de fútbol improvisado al otro lado del patio. Ranjan estaba embelesado.

—Mátalo, san Jorge —susurró.

Cogí una piedra y aplasté al falso dragón contra la tierra. Me dije a mí mismo que era un acto de clemencia, pero contraje el rostro en una mueca de ira, un guerrero antiguo cumpliendo su derecho de nacimiento. Ranjan se llevó las manos a la cabeza y escapó a la carrera, farfullando como un duende. Dejé la piedra ensangrentada y me alejé caminando, sin atreverme a levantarla y mirar debajo, con la esperanza de que a mi espectador le pareciera una actitud fría y serena. Una sombra se deslizó sobre mi cabeza iluminada por el sol y pasó por encima del patio en aquel momento. Una sombra alada, quizás la del azor que había cazado al geco. Me alejé de mi pequeño asesinato, envuelto en sudores.

5

Un recuerdo: mis padres en el garaje de detrás de nuestra casa, con la puerta metálica cerrada y una bombilla solitaria iluminando el suelo mojado de hormigón. El interior del garaje era mucho más grande de lo que debería, a juzgar por su aspecto exterior. Había elegantes dragones negros —o dracos, dragones inmaduros, me explicaron— en los acuarios enormes que se alineaban contra la pared. Estaban cubiertos de remolinos de pelo o filamentos, y era difícil fijar la vista en su oscuridad resplandeciente. Los acuarios no tenían luz eléctrica, pero el agua brillaba por sí misma con una luminiscencia azul verdosa. Reconocí esa luminiscencia como las secreciones de los dracos que se agitaban en el agua, a las que baba, con su obsesión mitómana, llamaba halahala, como el veneno producido en el Océano de Leche cuando los devas y los asuras lo batieron en busca del néctar de la inmortalidad, usando una montaña como vara y al nagaraja Vasuki, rey de las serpientes naga, como cuerda. En ese momento comprendí que el agua infusionada con halahala era uno de los ingredientes del té del olvido.

Maa metió los brazos en el agua revuelta. Forcejeó con el escurridizo draco y lo lanzó al suelo mientras baba entonaba el cántico de nuestros ancestros. Me eché atrás de un salto cuando el draco empezó a serpentear por el suelo mojado; era difícil fijar la vista en él, su silueta negra y quitinosa lo hacía parecer un crustáceo monstruoso a veces y una serpiente otras. Maa bebió un trago de una botella de cristal con un líquido marrón. Baba había encendido una llama en una vara metálica que le entregó con la tranquilidad nacida de la costumbre, como corredores que se pasan un testigo. Ella agarró la antorcha con una floritura, se inclinó sobre la tormenta negra de escamas azabache, espinas y tendón que se deslizaba por el suelo dando bandazos y escupió en la antorcha. Le salió de la boca una lengua de fuego cuando prendió el queroseno, anegando al draco durante un segundo que iluminó el garaje en penumbra. Disfruté del calor que emanaba. Maa ondeó la antorcha, bebió otro trago de queroseno y acarició otra vez al draco con su lengua de fuego incandescente; el agua del lomo y de las alas plegadas del draco se puso a chisporrotear y humear, hasta que la estancia se volvió borrosa.

Bajo los mantos de vapor que lo envolvían, el draco había ralentizado sus movimientos, relajándose en una pulsación sinuosa. Maa le ladraba sonidos mientras baba le pasaba la mano por encima en caricias rápidas, con el rostro tenso por el calor.

Mi abuela, que me sostenía contra su vientre suave y generoso, me dijo en nuestra lengua:

—Una reina de dragón lame a sus pequeños para calmarlos. Tu maa le proporciona esos recuerdos antes de que nos entregue su cuerpo para que nos lo comamos.

—¿Por qué tenemos que comérnoslo?

—La serpiente debe comerse su cola. Nosotros somos la serpiente —susurró mi abuela.

—¿Se estaba ahogando en el agua?

—Mi dulce niño. —Me acarició el pelo—. No sufre ningún dolor. Es anfibio. El agua le cuenta su historia, le cuenta que no debe hacer crecer la llama de su vientre y quemar nuestro hogar. Puede vivir en el océano y el cielo. Aquí, está atrapado entre ambos. Su forma de retorcerse es un recuerdo de cómo sus ancestros nadaban atravesando las estrellas y el mar, y con sus sacudidas nos brinda el olvido, para que puedas vivir en el presente del mundo mientras mantienes vivo el nombre de los suyos.

6

El día que maté al falso dragón en el patio del colegio, Ranjan y su amigo Neil se bajaron del autobús escolar conmigo y me pidieron que les enseñara mi casa, santuario del culto secreto a los dragones. No se me permitía llevar amigos a casa, pero no sabía qué otra cosa podía hacer. Mi familia vivía en una casa grande en Bowbazar. Una antigua casa tradicional de Calcuta, construida por nuestros ancestros que se asentaron allí en los años treinta, de paredes gruesas, tres plantas y galerías palaciegas que rodeaban la estructura como serpientes y por las que corría de niño como si fuera un ratoncillo que estas se hubiesen tragado.

Llevé a mis dos compañeros a casa, a cinco minutos de la parada del autobús. Pasamos por delante del Bar Restaurante Chino Dragón de Cristal, que ocupaba la fachada principal (estaba alquilado, aunque era parte del motivo por el que la gente del barrio suponía que éramos chinos), bajamos por la pequeña callejuela que bordeaba el edificio, pasamos bajo las ventanas en las que ondeaba la ropa tendida y llegamos a una puerta lateral. Mis compañeros se quedaron boquiabiertos ante el rótulo amarillo con letras rojas pintadas a mano que había encima de la puerta, en el que se leía: «CLUB DE DRAGONEROS DE BOWBAZAR (desde 1942)». Muy pocos en Calcuta conocen el club, más allá de la leyenda urbana sobre un restaurante en el que se sirve carne de dragón. Hay motivos para que así sea.

—¿Qué es un dra-go-ne-ro? —preguntó Ranjan, emocionado.

—Es como un halconero —contestó Neil con tono resabiado.

A diferencia de Ranjan, Neil era tranquilo y orondo, su rostro bonachón estaba coronado por una maraña de pelo muy cortito y llevaba unas pesadas gafotas. Yo estaba nervioso. Cruzamos el umbral y subimos la escalera empinada que conducía al primer piso.

El Club de Dragoneros no era como el Club de los Sábados o el Club Calcuta, ni como ninguno de los clubes que los bhadraloks de la ciudad habían heredado de los británicos, con sus típicos campus llenos de mansiones, zonas verdes y restaurantes (yo nunca había entrado en ninguno, solo los había visto desde fuera). Se parecía más a los clubes sociales chinos de las dos Chinatown, poco más que unas cuantas estancias grandes en las que nuestra comunidad se reunía para jugar a las cartas y al carrom, y una cantina contigua en la que la gente podía comer. Yo cruzaba las habitaciones del club todos los días cuando volvía del colegio. Solían estar llenas de familiares: mis padres y mis tías y tíos, a los que no recuerdo demasiado bien (ya volveré sobre eso más tarde). Luego estaban los otros miembros permanentes, nuestra «gente», que vivían en otras zonas de la ciudad y no eran exactamente familia, pero a los que tratábamos como tal porque compartían nuestros secretos, tenían el mismo aspecto que nosotros y venían, como nosotros, de ninguna parte (o eso asumía yo). Las paredes amarillas del club y la cantina estaban atestadas de cuadros, y la luz tenue de las lámparas de techo reflejaban el rojo sangre de las mesas de formica. En un lado, las ventanas daban a la galería y al patio, y en el otro lado, a las paredes salpicadas de cagadas de pájaro del edificio vecino. Ese lado solía estar tapado por cortinas pesadas.

Aquel día, todo el mundo se volvió para mirar fijamente a los recién llegados cuando entramos en el Club de Dragoneros. A mis compañeros les dio la tos ante el denso humo de cigarrillos que pendía sobre nuestras cabezas como el aliento de un dragón. Mi madre salió a recibirnos y no pareció contenta en absoluto. Frente a su formidable mirada, a Neil y a Ranjan los invadió la timidez. Pero fue amable y los invitó a comer en la cantina del club. Baba estaba encantado y abandonó la partida de cartas con sus primos para presumir de nuestra comida.

—¡Muchachos, muchachos! ¡Aquí es donde hay que venir para comerse un dragón entero! Habéis elegido el día perfecto para visitarnos, hoy tenemos el surtido completo. No es fácil de cocinar, eso ya os lo adelanto —exclamó entre risas, mirándonos con atención tras sus gafas metálicas y redondas.

Sentí una ola de orgullo ante el asombro que vislumbré en la mirada de mis compañeros, que observaban las esculturas de dragón, los cuadros en las paredes y la

33

barba larga de baba, como la de Gandalf. Había pinturas, grabados, dibujos y litografías de dragones de todos los continentes: de Níðhöggr a Vritrá, de Apep a los reyes dragones de los cuatro mares.

—Chicos, tenéis que haceros miembros temporales del club para poder comer en él —dijo baba.

Esas eran las normas. Firmaron en el registro y mi padre pagó sus entradas de diez rupias. Con la firma manifestaban, igual que cualquier visitante de la cantina, que el miembro temporal no podría revelarle nunca a nadie la ubicación del club (a pesar de que había un letrero, por mucho que estuviera en un lateral de la casa) y que después se olvidaría para siempre de la experiencia. Ranjan y Neil estaban entusiasmados con todas esas florituras clandestinas.

Yo solía comer en la planta de arriba, en el comedor normal, y no en la cantina del club. Pero aquel día comí de la fuente del «dragón completo» con Ranjan y Neil, mientras mi familia, todos mis tíos y tías, nos observaban.

—En realidad es un draco, un dragón muy joven, al que le pedimos que se inmolara en su propio fuego, en una cámara de agua, como honorable sacrificio para un mundo de posibilidades limitadas —explicó baba, mientras mi maa fumaba un bidi en un rincón.

La comida ya estaba servida. El plato estrella de la casa ocupaba el centro de una de las mesas, tan enorme que desbordaba la bandeja de metal. El contenido del plato a mí me parecía un crustáceo gigantesco de aspecto sinuoso enrollado sobre sí mismo, formando una espiral. La cabeza y las extremidades sobresalían, demasiado grandes para la fuente. El crustáceo estaba cubierto de espinas y un vello muy largo, como antenas. De sus escamas metalizadas salía humo, como si lo acabaran de sacar del fuego. Un olor a brasas de carbón permeaba el humo de los cigarrillos. Los chicos se comieron el entrante de arroz sumidos en un estupor de incredulidad, mientras baba abría el caparazón chamuscado con una especie de tenazas muy ornamentadas para sacar la carne.

—Que no os engañe. No es más que un pescado grande —gritó maa desde el rincón, al percatarse de la mirada asustada de Neil.

Fue un intento poco entusiasta, siendo generosos. Me daba vueltas la cabeza por el intenso vapor que salía a chorros entre las escamas negras del draco.

—Seguro que os estáis preguntando dónde están las alas —murmuró Baba, relamiéndose las comisuras de los labios según abría el caparazón—. Estos dracos no vuelan. Hay muchas clases de dragón, como en los cuentos. Imagináoslo más como un pollo que como un águila grande.

Mi abuela, que hasta ese momento había estado sentada plácidamente sonriéndonos, chasqueó la lengua y alargó la mano para tocar el caparazón y después tocarse la frente.

—No seas irrespetuoso.

Baba le regaló una sonrisa traviesa.

—Ai-oh, solo intento que los chicos se sientan cómodos.

Se escuchó un fuerte chasquido cuando arrancó una nueva escama. Bajo la luz de las bombillas, parecían hechas de metal negro. Maa apagó el bidi en un cenicero que estaba en la mesa de al lado y se acercó con impaciencia. Con un cuchillo curvo, ayudó a baba a cortar la carne, que brillaba un poco, como si fuera un espejo tenue que reflejara la bombilla que pendía sobre ella. La carne que baba y maa cortaron en rodajas tras arrancarla de debajo de las escamas del draco estaba húmeda y era del color blanco de las nubes, entreverada por finísimos capilares como relámpagos. Como si se hubiera trinchado del vientre de un cielo cargado de lluvia. No había nada para acompañar la carne de dragón; nada excepto arroz blanco con una gota de salsa de soja (baba nos dijo que estaba terminantemente prohibido echar salsa de soja a la carne de dragón). Mi familia y los miembros del club de las otras mesas usaban las manos y sorbían ruidosos las rodajas de carne centelleante, ignorando los palillos y cubiertos de la mesa. Mis compañeros y yo usamos tenedores. La carne de dragón era gelatinosa y se deshacía en la lengua, casi etérea, y dejaba tras de sí un fuerte regusto a pescado, a mar, mezclado con un embriagador aroma a gasolina.

—¿Desaparecería el pescado al contacto con vuestra lengua como una brisa antes de la tormenta? —nos preguntó baba.

Maa puso los ojos en blanco. Ya lo había probado antes, estaba seguro, pero apenas lo recordaba.

—¿Eso es todo? —preguntó Ranjan, sacando la lengua—. Es como... aire maloliente.

Baba sonrió.

—Es insustancial porque pedirle a un draco que se cocine a sí mismo de esta forma hace que exista de una manera en que no debería. Está aquí y a la vez no lo está, no es de este mundo. Se ha convertido en un vulgar caparazón de sí mismo, un caparazón que conserva un recuerdo. Saborear un recuerdo requiere práctica, pero cuando lo consigues... ¡oh! Entonces se vuelve real. Te unes a una belleza incomparable con ninguna otra.

Ranjan murmuró «san Jorge», observando a mi padre con admiración.

Con cada nuevo bocado que dábamos, un fuego crecía en nuestras bocas y en nuestras gargantas. Veía el sudor brillar en las frentes de Ranjan y de Neil mientras se esforzaban por terminar. Resollé, pero no sirvió de nada. El calor de la carne no sabía como el picante, no perduraba en la lengua ni en los dientes, más bien parecía instalarse en tus células como una lenta descarga eléctrica. Era como la sensación de estar nervioso, agitado, abrumado.

—Incluso un bebé de dragón es demasiado para vosotros, ¿eh? —preguntó baba.

Las tías y tíos rieron, bulliciosos pero bienintencionados. Los chicos estaban anonadados. A mí me hormigueaba todo el cuerpo y tenía el vello de los brazos y la nuca erizado. Para mi humillación, sentía ganas de llorar. Por suerte, había lágrimas y gimoteos a mi alrededor, Neil y Ranjan también tenían los ojos húmedos, aunque nadie lloraba como yo deseaba hacerlo tras recibir el regalo de esa tormenta en mi interior, un regalo que me había entregado el dragón muerto y extendido sobre

37

la mesa. No podía creer que aquello fuera algo habitual para mi familia y que de alguna forma yo no lo supiera.

—Durante semanas soñaréis con mundos desconocidos, mundos con serpientes en el aire y en el agua —dijo baba con una sonrisa, acariciándose la barba.

Neil y Ranjan fueron incapaces de terminarse la carne de dragón; se atiborraron de arroz para sofocar el ardor y la crepitación de su interior. Me pareció ver entre lágrimas que les salían chispas de los dientes. Yo no dejé ni una migaja en el plato. Me sorprendió ver a maa sonriéndome antes de levantarse a recoger los platos. Nos trajo vasos de 7-Up helado y leche llenos de espuma y nos explicó que nos ayudarían a refrescarnos. Ranjan y Neil se los bebieron de un trago, pero yo me lo tomé despacio para permitir que la tormenta en mi interior se apagara de forma natural, con los ojos cerrados, sintiendo el titileo de la luz en las nubes de los párpados, los rugidos del trueno en el estómago, la fresca lluvia de sudor que me goteaba por las sienes, la mano cariñosa que mi padre me pasó un momento por el cogote. Los tíos y las tías hablaban entre sí en nuestro idioma, en voz baja, en el idioma de nuestra gente, y en aquel momento me pareció tan relajante como los bailes de las piedras cuando las lanzas al río.

Después de la comida, nos sirvieron el té del olvido en pequeños cuencos de porcelana. Se les daba a todos los miembros temporales que habían descubierto nuestro «restaurante» tras el restaurante más convencional de la fachada. El té también olía a pescado y era de un verde oscuro que recordaba a las algas. Los chicos se lo bebieron poniendo muecas, y su amargura les tiñó la lengua. El té no era solo simbólico.

Para cuando maa los acompañó a la estación de metro de Chandni Chowk, que estaba a diez minutos, para pedirles un taxi a cada uno que los llevara a casa, solo tenían un vago recuerdo de haberse saltado la parada del bus para darse un paseo por Bowbazar. Nunca llegué a preguntarles qué sueños les provocó la carne de dragón, porque no me acordé de preguntar.

He bebido el té del olvido a lo largo de toda mi vida, desde que era niño. Mis padres lo convirtieron en un ritual diario, después de las comidas y antes de la hora de dormir.

7

Poco después de que trajera invitados inesperados a casa, maa me llevó a una de las muchas habitaciones de nuestra casa que contenían los altares de los que había hablado a mis compañeros. Eran colecciones como las de la planta baja, de obras de arte y esculturas de dragones propios de distintas culturas. La habitación del segundo piso a la que me llevó tenía un pergamino colgado en la pared blanca. Estaba bañado por la escasa luz de una ventana, luz del sol difuminada por los huecos estrechos que había entre las casas en nuestro barrio. El pergamino era de un amarillo ceroso y estaba cubierto por una caligrafía ligera: el lenguaje de fuego que mi familia hablaba solo en casa. El idioma de nuestra quimérica gente. No podía leerlo, pero fluía de mi lengua con la facilidad atávica del agua que fluye montaña abajo. La caligrafía del pergamino era delicada, cada letra se entrelazaba con la siguiente con líneas similares a una densa telaraña de tinta que dibujaba la forma sinuosa de una serpiente alada. El trazo de tinta era tan fino que la forma alada se esfumaba tras las palabras a no ser que la estuvieras buscando.

Maa me sentó en el suelo, a los pies del pergamino. Lucía su expresión estoica habitual, pero el gesto de la boca mostraba un destello de preocupación. Colocó sus manos sobre mis hombros y habló en el idioma de fuego.

—Escúchame. Ya sé que baba te contó que elegimos el apellido «George» a causa de san Jorge. Y eso fue lo que le contaste a esos chicos.

—¿Sí?

Ella chasqueó la lengua, como hacía con frecuencia, y arrugó el ceño.

—Baba no tendría que haber hecho eso. Intentaba hacerse el listo. A veces le da por ahí.

—Entonces, ¿nuestro apellido no viene de san Jorge?

Maa lanzó un suspiro que pareció salir de las profundidades de su pecho y bajó la vista hasta posarla en el suelo de piedra entre nosotros.

—En cierto modo, sí, pero es una broma. No significa nada. Aquí, nuestros nombres no significan nada. Nuestra familia eligió «George» porque la gente de esta ciudad no mira tan mal a los que se parecen a nosotros pero son cristianos. No somos cristianos, eso lo entiendes, ¿verdad?

—¡Sí! Pero ¿qué pasa con san Jorge?

—Puf, olvídate de él. No somos sus descendientes. Lo que tu padre quería decir no era eso, pero no tendría que haberte confundido de esa forma. Fue un error por su parte y una falta de respeto hacia los nuestros.

—Los nómadas.

Maa sonrió.

—Sí. Nosotros no vencemos dragones, como san Jorge. Los respetamos. Si los matamos, es porque hay un motivo, no porque representen el mal ni ningún cuento de esos.

—¿Así que los nuestros sí que mataban dragones en los viejos tiempos? —dije, con el corazón palpitándome en el pecho.

Maa se quedó con la mirada fija en mí, como si se preguntara qué decir.

—Ya eres lo bastante mayor para comprender que las historias son parte de cualquier comunidad. Tienen significado sin falta de que sean ciertas del todo. Como la Biblia, ¿sabes? Jesús caminando sobre las aguas y resucitando tras la muerte. San Jorge matando aquel dragón. O Hanuman saltando al mar para alcanzar a Lanka en el Ramayana.

Asentí. Maa sacudió la cabeza. Parecía estar sufriendo.

—Ay. Las historias que has estado contándoles a los chicos del colegio... son más peligrosas de lo que te imaginas. Pero... —me miró a los ojos— que haya algo de verdad en ellas, algo que has sido capaz de reconocer a pesar de todo, me hace pensar que... te hemos puesto en una posición complicada y...

Me dio miedo ver lágrimas en los ojos oscuros de mi madre, apenas una sombra, pero suficiente para que la luz de la habitación reluciera en ellas como las llamas de las velas.

—No es justo para ti. Eso lo sé. Naciste bajo las alas de una serpiente imposible. Te mereces algo mejor que ser el chico de ninguna parte en un mundo abarrotado que sufre, donde el cielo está siempre por encima de nosotros, nunca debajo.

Después pellizcó el aire delante de su rostro y movió la mano a un lado. Fue como si un velo invisible entreabriera la realidad y, de pronto, su rostro estaba cubierto con tatuajes, que se enroscaban como serpientes hechas de palabras intrincadas en sus pómulos, antes de escabullirse entre la maraña de su pelo y por el tronco de su cuello. Maa distendió el aire otra vez con las dos manos y entre sus dedos, como por arte de magia, apareció un pañuelo de seda fina que había arrancado de su posición invisible alrededor de su cabeza. Observé a esa nueva persona, una nueva encarnación de mi madre, que parecía una guerrera extraña con todo el rostro tatuado.

Me tendió las láminas de tela hechas de un material traslúcido, tan finas que según el ángulo casi desaparecían. Me di cuenta de que estaban cubiertas de tinta, igual que la piel de maa, aunque las líneas eran todavía más delgadas, una malla de texto que subía y bajaba por el pañuelo. Me asaltó la fugaz idea de la cantidad de dinero que podría ganar mi madre si vendiera una prenda tan insólita.

—Este es mi velo de rostro. Lo llevo siempre. Igual que tu abuela. Es de… seda, arrancada de la boca de una serpiente con su permiso. Lo que está escrito vuelve invisibles mis tatuajes. Puedes reescribir lo que ve la gente en él. Es de un material parecido a eso —dijo, refiriéndose al pergamino colgado en la pared—. Eso está hecho con las membranas de un ala.

—¿Es magia? —pregunté, mirando con recelo el rostro tatuado de maa.

—Supongo que sí —respondió con la más breve de las sonrisas—. Como la de todos esos libros que leéis tu padre y tú. Tócalo.

Lo hice, y fue como tocar una brisa, y después fue simplemente como tocar la mano de mi madre, que podía ver a través del pañuelo.

—¿Sabes por qué lo llevo?

—¿Por qué?

—Porque estos tatuajes, el lenguaje en mi rostro, cuentan la historia de otro mundo, no este. Nadie entendería lo que dicen, ni lo creería. Llevo el velo de rostro para mantener a salvo esos secretos. Nunca he visto ese otro mundo, pero es de donde venimos, y somos portadores de su recuerdo.

—¿Qué es lo que dice? ¿Qué secretos?

Me sorprendió sentir la mano áspera de mi madre en la frente, porque rara vez demostraba físicamente su cariño desde que superé la primera infancia. Me retiró el pelo hacia atrás.

—Parte de lo que dice debe seguir siendo secreto. También dice que soy una jinete, y formo parte de mi montura. —Volvió a mirar el pergamino y la serpiente de palabras que lo cubría como escamas, hecha de la misma caligrafía que sus tatuajes, la misma que adornaba su velo de rostro—. Eso es lo que veneramos, si es que veneramos algo. Es la razón por la que comemos su carne y bebemos su sangre, y ofrecemos las nuestras en la muerte y en la vida. Para seguir vivos, para los demás. Somos una mente colmena y la serpiente, una multitud de cuerpos. En esta ciudad, en este mundo, en este espacio y en este tiempo, no es algo que se pueda ser fácilmente. Este mundo se ha vuelto demasiado pequeño para eso.

Pensé en los vaqueros y los indios de esa otra tierra océanos más allá que no era la India, en los jinetes de Rohan y los Señores de Dragones de Terramar. Pero en lo que más pensé fue en la novela de baba, en los pasajes que me había leído.

—No lo entiendo —dije, aunque algo en mi interior sí que lo entendía.

Maa asintió y se acercó el velo al rostro. En un instante había desaparecido, y en su cara ya no había tinta, mientras movía las manos alrededor de la cabeza como si se estuviera colocando un pañuelo. Cuando terminó, se frotó los ojos con los nudillos.

—Lo siento, babushona —replicó, utilizando el apelativo cariñoso bengalí, como hacía a veces—. Tenemos que sacarte del colegio. No es bueno que llamemos la atención de esta forma. La gente no entenderá el tipo de familia que somos. A partir de ahora, te educaremos en casa.

Me limité a asentir de nuevo, más preocupado por la tristeza que se reflejaba en el rostro de maa que por tener que dejar la escuela. En realidad, no tenía auténticos amigos allí. Suponía que echaría de menos contarle a los chicos historias sobre nuestra familia obsesionada con los dragones para ganarme su respeto.

Maa cogió una taza de la mesa baja de madera colocada debajo del pergamino de la serpiente alada. La taza humeaba.

—Por favor —dijo.

Reconocí el olor musgoso del té del olvido y lo bebí en un silencio reverencial.

—¿Por qué no me dejas recordar? —me atreví a preguntar.

Maa pestañeó.

—Mereces ser real en este mundo. No es fácil vivir atrapado entre dos mundos.

Pero yo sí estaba atrapado, y siempre lo he estado.

A veces me quedaba en el patio al anochecer y observaba el laberinto que rodeaba nuestra casa, el cuadrado de luz mortecina que formaba el cielo sobre ella, salpicado por las pinceladas que las hojas y las ramas del enorme árbol que susurraba sobre mí dibujaban en él, y las siluetas de docenas de veloces murciélagos que lo llenaban de manchas. Recuerdo mirarlas con atención, en un intento por descubrir si alguna de las criaturas que revoloteaban era otra cosa, si dejaban un rastro de colas de cerdas, si había una cierta aspereza en sus cabezas y largos cuellos, pero era difícil concentrarse en ellas. Eran demasiado rápidas e imitaban el vuelo circular de los murciélagos demasiado bien.

Sobre ellas, aparecían las estrellas.

Segunda parte

1

Cuando dejé el colegio, me quedaban dos años para alcanzar la adolescencia. Mis tutores eran aburridos, les pesaba el calor y el agotamiento. Me sentía más inquieto, la biblioteca de casa ejercía una fascinación permanente sobre mí, era mi Alejandría particular. Me sumergí en las profundidades de la colección de ciencia ficción, fantasía y terror de baba, todos libros de autores extranjeros, la mayoría traídos por un antiguo amigo de Estados Unidos con el que ya no teníamos trato. También devoré montones de *retellings* mitológicos que aparecían en los comics de Amar Chitra Katha que mis padres me habían comprado a lo largo de los años, y me adentré en pesados tomos de tapa dura sobre historia, mitología y astronomía. Mi educación sexual al completo procedía de novelas de ficción y libros ilustrados sobre biología reproductiva y sexual que mis padres dejaban casualmente a mi alcance (incluida una edición inglesa ilustrada del *Kama Sutra*, benditos sean), quizás con la esperanza de que absorbiera esos conocimientos sin necesidad de su intervención.

Empecé a preguntar por qué no tenía ningún hermano ni ningún primo, por qué ninguna de las personas que venían a comer y a jugar a las cartas al Club de Dragoneros tenía hijos.

—Sí que los tienen, es solo que no los traen —respondían mis padres, y fingían estar muy ocupados.

Era obvio que esas preguntas les resultaban incómodas. Cuando le preguntaba a mi abuela, en su habitación, ella palmeaba la cama en la que se tumbaba para dormir la siesta.

—¿Es que tu didima no te hace suficiente compañía? —respondía, y yo ocultaba el rostro en su vientre con olor a talco.

Su bata titilaba en la penumbra de la habitación, se volvía iridiscente o adquiría un color totalmente distinto a su blanco habitual, dependiendo de la inclinación de la luz del sol que atravesaba las cortinas de la puerta.

2

El día que cumplí trece años, mis padres celebraron mi primera «fiesta» de cumpleaños. Organizaron una cena especial en El Dragón de Cristal. Lo especial no era el sitio, que al fin y al cabo estaba justo debajo de nuestra casa, sino que vendría una invitada de mi edad: Alice, la hija de los dueños de El Dragón de Cristal. Incluso mis padres, a pesar de su distracción infinita, habían empezado a preocuparse por mi falta de amistades. Los Chen siempre habían sido amables conmigo. Cuando iba al colegio, bajaba al restaurante por la tarde, a las horas en que El Dragón de Cristal estaba bastante vacío. Allí hacía los deberes, en el comedor sin ventanas, fresco y poco iluminado, acompañado por el fuerte olor agrio del vinagre y de la salsa picante. Tío o tía Chen (uno de los dos estaba siempre en la cocina, en su oficina o tras el mostrador) me daba botellines de Thums-Up fríos o aperitivos, como sus saladísimas bolitas de pollo frito con los huesos envueltos delicadamente en papel de aluminio. Los Chen vivían en un piso bastante cerca, en Tiretta Bazar, y yo solo veía a Alice en el restaurante algunos fines de semana, cuando venía a ayudar a sus padres o a pasar el rato. A lo mejor nunca había sido consciente, pero siempre estaba a la espera de que su silueta oscureciera el rectángulo de luz del día cuando se asomaba al comedor largo y estrecho. Del breve saludo que intercambiábamos antes de volver a ponerme con los deberes, tras el que era incapaz de hacer nada hasta pasados unos minutos. Nos habíamos visto crecer el uno al otro en esos vistazos rápidos que nos dedicábamos en el fresco vientre de El Dragón de Cristal.

A pesar de que su sustento estaba inevitablemente vinculado a nuestra casa, los George siempre habían guardado una distancia educada con los Chen. Para prevenir complicaciones. Así que la celebración de mis trece años en el restaurante de los Chen era inusual, suponía un traspaso vacilante de los límites establecidos (los Chen sabían a ciencia cierta que no formábamos parte de ninguna comunidad chinoindia de la ciudad).

Los padres de Alice no cenaron con nosotros, estaban ocupados atendiendo el restaurante, pero se acercaron muchas veces a preguntar qué tal estaba la comida (estaba rica, y tan salada como era de esperar). Alice, que llevaba un polo a rayas rojas y blancas (que para mí bien podría haber sido un vestido deslumbrante), vaqueros y zapatillas, y una raya al medio perfecta, me deseó feliz cumpleaños con torpe entusiasmo y colocó un sobre rojo mate junto a mi plato antes de sentarse a la mesa. Que me trajera una tarjeta además de venir a la cena me pareció un acto de bondad inaudito. A duras penas conseguí balbucear mi agradecimiento (en el sobre, que abrí después en mi habitación como si fuera una misiva secreta, encontré un crujiente billete de cien rupias, una tarjeta de cumpleaños con la foto de unos cachorritos que me deseaba feliz cumpleaños y el mismo mensaje escrito a boli en su pulcra letra, con su firma y una carita sonriente). Parecía incómoda, cosa que no me extrañó.

Mis padres fueron los que más hablaron durante la cena, mientras dábamos buena cuenta de la sopa agripicante, las gambas fritas doradas, el cerdo picante a la barbacoa, los crujientes fideos hakka y el arroz frito con ajo. Descubrí más cosas que nunca sobre Alice, que años atrás me había clavado la mirada con una curiosidad fiera e insondable, de puntillas detrás de la barra de El Dragón de Cristal, y que ahora llevaba pasadores que destellaban como si fueran los bordes de una diadema oculta. Descubrí que iba a un colegio internacional, donde no usaban uniforme. Que le gustaba cantar y quería ser tan buena como Celine Dion y Whitney Houston. Que quería aprender a tocar la guitarra como su hermano. Que le gustaba ver películas y leer, incluso los clásicos que entraban en el temario del colegio. Cuando nos fijamos en el zodiaco chino impreso en nuestros mantelillos de plástico, descubrí que los dos habíamos nacido en el año de la Rata (no el del Dragón, cuya diminuta representación en tinta roja rocé para reconocer su presencia familiar), y que éramos casi de la misma edad (ella unos meses mayor).

La distancia de seguridad que nos había separado durante todos aquellos años hacía que me diera miedo mirar a Alice de frente. Me parecía imposible estar sentado manteniendo una conversación normal con alguien que se parecía a mí pero que no era parte de la familia, alguien a quien seguramente hubieran insultado igual que a mí. Su pelo era más liso que el mío, yo lo tenía más bien ondulado (por aquel entonces me llegaba hasta los hombros, me lo había dejado crecer, como el resto de mi familia, cuando dejé el colegio), pero seguía pareciéndose más a mí que cualquiera de mis antiguos compañeros. Para Alice yo no era una serpiente de ninguna parte, solo el niño callado que vivía al lado del restaurante de sus padres. Que fuera una chica lo volvía todo más excepcional y extraño; las únicas mujeres que yo había conocido eran o bien familiares mías o profesoras. El sentimiento que me sobrevino, sentado a su lado, me resultó familiar, aunque no supe identificar por qué... La sombra de algún sueño en el que había comido carne con vetas de relámpagos, y había sentido cómo me atravesaba su crepitar y me aliviaba el corazón.

Cuando mis padres se levantaron para hablar con los Chen en la barra, Alice, con una expresión de pánico ante aquel silencio sin supervisión, me preguntó:

—¿Siempre llevas el pelo tan largo?

—Sí —contesté, y me reí como si hubiera dicho algo gracioso.

—Genial. Ninguno de los chicos de mi clase tiene el pelo largo —dijo ella.

No supe qué contestar. Me pareció emocionante que remarcara mi diferencia de una forma que no me hiciera sentir inferior. Le lancé miradas furtivas en busca de algún rastro de maldad oculta.

—Sí, es parte de nuestra, eh, cultura —aventuré.

—No lo sabía. Como los samuráis y cosas así, ¿no?

—Ah, pero no somos japoneses —dije, aunque querría haber gritado: «Exacto, como los samuráis, soy un guerrero, pero desciendo de San Jorge». Nunca me había sentido más orgulloso.

—No, ya lo sé —contestó con una risa nerviosa—. Me refería a de ese estilo.

—No pasa nada. Nosotros... nosotros no... Mi familia no habla demasiado sobre de dónde venimos, así que es difícil saberlo. Para el resto de la gente —balbuceé.

Por suerte, mis padres volvieron y enseguida acapararon la atención de nuevo.

Aquella noche, la capacidad de mis padres para hablar con Alice con tanta soltura me produjo una envidia tan inmensa como el cielo. Pero, a pesar de la vergüenza que me invadió por no transformarme al instante en un conversador excelente, no me habría cambiado por nadie del mundo en aquel momento, el momento en que me convertí en adolescente y dejé atrás la niñez, al menos para mí mismo. Y, quizás, para Alice. Me pareció que baba y maa me habían hecho el mejor regalo de cumpleaños posible. Después de la cena, los tíos Chen trajeron la tarta Selva Negra que mis padres habían comprado en Flury's. Las velas de cumpleaños lamían el aire oscuro de El Dragón de Cristal mientras todo el mundo cantaba («Feliz cumpleaños, RuuEEL»), incluidos algunos desconocidos de otras mesas. El zumbido de la realidad fluyó a través de mí. Me sentí relevante. Seguíamos en nuestra casa, nuestro hogar, nuestra crisálida, mi crisálida, pero yo había aflorado, al menos en parte. Mi aliento, dulce por el refresco de cola y especiado por la salsa picante, apagó las velas. Alice aplaudió, educada como siempre.

Con el tiempo, aprendí a hablar con ella.

3

Alice Chen y yo tardamos en hacernos amigos. Tuvo que pasar un año entero de conversaciones vacilantes en El Dragón de Cristal antes de que empezáramos a pasar tiempo juntos; mientras tanto, crecíamos a la vez, nuestros cuerpos cambiaban y los granos y el vello corporal florecían a juego con nuestro azoramiento. Aunque todo eso nos volvió aún más recelosos del otro, también aumentó nuestra curiosidad, ansiosos por descubrir quién era el otro ser humano que se estaba formando ante nuestros ojos.

Durante muchos años, me había sentido como un niño de ninguna parte, que no pertenecía a ningún lugar más allá de las paredes de la casa familiar. Con Alice, estaba en algún lugar. Por fin estaba fuera, en Calcuta, superando mi miedo a salir al exterior (siempre había ido a todas partes en taxi con mis padres). Fue ella la que me acompañó en mi primer viaje en metro, a pesar de que la estación de Chandni Chowk había estado a diez minutos de mi casa toda mi vida.

—¿Es posible que seas tan inocente? —me dijo, casi cantando.

La seguí fielmente bajo tierra, con la vista fija en su cola de caballo danzarina y su mochila rosa fucsia, que contrastaba con la camiseta negra y holgada de Metallica que llevaba. Cruzó los tornos con una confianza consciente y le entró la risa tonta cuando me estrellé contra las barras de acero mientras buscaba mi billete con torpeza; se le colorearon las mejillas, embriagada por su propia desenvoltura. Me mortificaba aceptar mi papel de chico desamparado al que habían educado en casa, pero estaba dispuesto a asumirlo si así podía tener una amiga. Me gustaba ver el orgullo en sus ojos.

El chirrido de sus zapatillas contra el suelo de mármol recién pulido del andén era música para mis oídos. El submundo fluorescente en el que nos habíamos aventurado, con ella como guía sabia, me parecía tan emocionante como la vasta Moria, lleno de vida y de luz gracias a la elegancia de Alice. Había gente por todas partes, en la oscuridad del túnel crecía una luz, acompañada del gruñido del Balrog que solo ella podía domar, y así lo hizo: a escasos metros de sus chirridos y siseos, de su piel parpadeante, Alice, mi guía y salvadora, se mantuvo de pie, impasible, con el pelo flotando al recibir el aliento de la criatura. Nos subimos al tren junto a la muchedumbre de la hora punta de la tarde, aplastados el uno contra el otro, nuestro pelo ondulando y mezclándose en el aire estancado del túnel que se colaba por las ventanillas medio abiertas. Nuestros cuerpos estaban muy pegados y se balanceaban en un baile monótono, el trueno en nuestros pies y en nuestros huesos me recordaba muchísimo a algo perdido, nuestras manos sudorosas se aferraban a la barra de metal una debajo de la otra, como si sujetáramos juntos la lanza de san Jorge, clavada en el corazón de la bestia que rugía y corría bajo la ciudad. Ya no era el Balrog vagando por los túneles de Moria. Vi a la bestia bajo una nueva luz y comprendí lo que era en realidad: una enorme serpiente plateada que recorría la tierra a gran velocidad, y nosotros, sus jinetes. Sentí un anhelo peculiar dentro de mí a pesar de que Alice estaba justo a mi lado, más cerca que nunca. Me pregunté qué estaría sintiendo ella. Estudiaba muy concentrada el mapa de la línea de metro, con el rostro bañado en sudor, atenta a los avisos de megafonía para no pasarse de parada (recorreríamos un corto trayecto en dirección sur hasta la calle Park para ir a la Librería Oxford y a Kwality, donde nos sentaríamos a tomar unas copas de helado en una mesa elegante de mantel blanco). Parecía la niña que era, no una guerrera capaz de domar bestias junto a mí, yo que era lo menos parecido posible a un guerrero. Me dieron ganas de abrazarla. Lo haría por primera vez al final de aquella tarde, en la que se fue con la mochila mucho más pesada, cargada con el tomo de la trilogía completa de *El Señor de los Anillos* que le había regalado.

4

Oye, ¿esa es tu abuela? Es guapísima —dijo Alice.
Estábamos en la biblioteca de mis padres, y ella observaba un retrato en blanco y negro enmarcado que había en la pared. En ese momento ya se le permitía a Alice entrar en nuestra casa (para mi gran sorpresa), aunque, cuando la llevé al piso de arriba, nos encontramos la mayoría de las puertas cerradas con llave, así que solo podíamos ir a algunas estancias determinadas. La persona de la fotografía que Alice contemplaba sí que era muy hermosa, su rostro estaba enmarcado por largos bucles que le caían hasta los hombros y flotaban más allá del marco, los pómulos altos creaban sombras en el perfil delicado de su rostro, y tenía cejas oscuras como dos incisiones sobre unos ojos que parecían desafiar el blanco y negro y soltar chispas de reflejos imposibles. Llevaba un gran adorno en forma de gancho en una oreja: seguramente un colmillo o una garra.

—En realidad es mi abuelo —dije.

—Hala —contestó Alice, con la boca abierta—. Imposible. Parece totalmente una chica.

—Mi padre me contó que yo siempre le preguntaba si era una foto de didima, mi abuela. Pero sí. Es el padre de maa.

—Guau. Sí que... se parece mucho a tu madre.

—Murió cuando yo era pequeño. No me acuerdo mucho de él. Creo que hasta cuando lo veía en persona creía que era mi otra abuela, aunque la madre de baba murió antes de que yo naciera.

—Ohh... Mira esto, me encanta ese... ¿sombrero?

—Esa es didima —dije.

Alice se estaba fijando en el retrato que había junto al de mi abuelo. Didima tenía el rostro más rechoncho, en contraposición con los rasgos delicados y élficos de mi abuelo, y le brillaban las mejillas, sugerentes. La edad había envuelto sus rasgos intensos y redondeados en arrugas suaves que ella retocaba con polvos sin que restaran un ápice de dignidad a su apariencia. No parecía contenta de que la fotografiaran, pero tenía un porte orgulloso. Llevaba un tocado espectacular: una diadema de metal oscuro y dentado, de la que emergían alas de cuero plegadas que coronaban su cabeza y le llegaban hasta los hombros.

—Maa y baba me contaron que cuando mi abuelo era joven no había mucha diferencia entre los hombres y las mujeres de nuestro pueblo. Eran iguales, y a veces los hombres eran bellos y las mujeres eran apuestas o llevaban barba. O al revés. Daba igual.

Alice observó las fotos y luego me miró a mí. Me sentí plenamente consciente de mi pelo largo e intenté no sonrojarme. Ella desvió la mirada con rapidez.

—¡Me encanta! Ojalá todas las culturas fueran así —dijo Alice—. Me gusta que en tu familia todo el mundo tenga el pelo largo, como los hippies.

Se puso a deambular entre las estanterías repletas de libros y discos.

—Mi madre no tiene un pelo de hippie. Mi padre, bueno... Mi abuela ni hablar.

Alice había avanzado por las estanterías y estaba estudiando la carátula de *The Court of the Crimson King*. La pompa que estaba inflando explotó, y Alice se limpió la membrana de chicle del labio inferior con la lengua.

—Vale. No te ofendas —volvió a colocar el disco en la estantería—, pero con el pelo así, creo que tú también pareces un poco una chica. Como tu abuelo.

—Vale.

—¿Te molesta?

—No, ser una chica no tiene nada de malo. Así que... —respondí, quizás un poco a la defensiva.

Alice se sentó en el sofá que estaba al lado de la minicadena de mi padre.

—Ven a sentarte —dijo, mirándome. Me senté a su lado. Seguía mirándome—. Yo tampoco creo que ser una chica tenga nada de malo —contestó, con un amago de sonrisa. Jugueteaba con el coletero verde que llevaba en la muñeca derecha. Se lo quitó y me dio una palmadita en el hombro—. Date la vuelta —ordenó.

Lo hice. Aunque sus dedos no tocaron mi piel, sentía el movimiento de sus manos en las raíces del pelo. Lo recogió todo, dejando que el aire, cálido con su aliento imaginario, me acariciara la nuca, y con un tirón juguetón lo ató en una cola de caballo. Volvió a darme una palmadita en el hombro y me di la vuelta, aturdido.

Alice sonreía.

—Puedes quedarte con el coletero.

—Gracias. Gracias.

—De nada de nada. Siempre llevas el pelo suelto. Está bien cambiar de look.

—Gracias. Maa me trenza el pelo en casa, pero fuera nunca lo llevo así.

—Deberías. —Alice entrecerró los ojos—. Me alegro de que no te enfadaras cuando dije que parecías una chica. Casi todos los chicos se enfadarían. Tenía la esperanza de que tú no, y tenía razón. No te enfadaste. Porque eres guay.

—Bueno, si me hubieras llamado fea, a lo mejor me habría enfadado un poco —dije, las palabras apresuradas y torpes al salir de mi boca.

Comprendí que estaba asegurándose de que de verdad no estaba enfadado. No lo estaba, no ahora que sabía que ella no pensaba que un chico que parecía una chica fuera algo malo. Percibí su alivio cuando sonreí.

—No, no, serías una chica guapa, eso seguro —respondió—. La mitad de mis compañeros estarían coladitos por ti.

—Vale, vale, tranquila —dije; me ardía el cuello, ahora a la vista.

Alice se echó a reír. El sonido que hacía al mascar chicle resonó en el silencio posterior. Hurgó en el bolsillo hasta que sacó el envoltorio y escupió el chicle en él, lo estrujó hasta formar una bolita de papel y se lo volvió a guardar en el bolsillo de los pantalones cortos con timidez. Confundido, me devané los sesos en busca de una broma.

—Eso que dijiste sobre que en los viejos tiempos no había diferencias entre hombres y mujeres. En tu familia. ¿Era verdad? —preguntó Alice.

—Creo que sí. Vamos, mira el retrato —contesté, aliviado por no tener que hacer ningún chiste—. Tampoco lo sé seguro. Era nuestra cultura antigua.

Alice parecía pensativa.

—Los chicos son tan... Tan. Tan insoportables, a veces. Hasta cuando me gusta uno de mi clase, quiero decir, cuando quiero ser amiga suya, siempre están con bromas y metiéndose conmigo.

—Eso es un asco —dije, recordando los motes que me ponían en el colegio—. ¿Es porque eres... ya sabes, china?

—¿Contigo también se metían? ¿Cuando ibas al colegio? —preguntó.

—Sí.

—Lo siento. Lo mío no es para tanto. Para los estudiantes extranjeros es mucho peor, para los asiáticos. Sobre todo a sus espaldas. Bueno, también se meten conmigo por ser china, pero los llamo bong inútil o lo que sea y me dejan en paz.

Sonreí al pensar que la madre de Alice era bengalí, así que la propia Alice también era medio bong.

—Había una chica japonesa en mi clase, Yuiko (madre mía, qué mona era, en japonés se dice kawaii, ¿sabes?), que me enseñó a decir baka, que significa idiota. Como boka en bengalí. Pobre Yuiko, se metían con ella por su acento todo el rato. La echo de menos, se volvió a Japón. Cuando los chicos se meten conmigo los llamo boka baka en su honor. No me afectan sus bromitas, pero es que nunca hablan en serio con nosotras. —Suspiró—. Me llaman marimacho porque me gusta Metallica y cosas así, pero también me gusta Britney, y entonces se meten conmigo por eso también, pero en realidad son unos asquerosos y están todos locos por ella y solo quieren una excusa para seguir hablando de ella. Seguro que se vieron su videoclip mil veces. Y además están todo el rato riéndose unos de otros porque les gusta alguien, en plan «a este le gustas», unga unga, qué gracioso. Pero al final nadie te dice de verdad que le gustas.

—¿Te gustaría que te lo dijera alguno?

Alice gimió y se recostó en el sofá, que rechinó bajo su peso.

—¿A lo mejor? Alguna vez. Sería bonito. Aunque sean todos unos boka. Lo que me gustaría es que crecieran de una vez.

Le brillaba la frente; le daba vergüenza lo que acababa de admitir. Me pregunté, no por primera vez, cómo sería ir a clase con Alice, ser uno de esos famosos chicos. No los había visto nunca, aunque había estado con sus amigas unas cuantas veces y había ido a los minicines de New Market a ver un par de películas con ellas.

—Bueno —prosiguió Alice—. Lo que quiero decir es que… a ti no te dan miedo las chicas. Eres un poco tímido, pero puedo hablar contigo de verdad. Es como si de alguna forma fueras mayor. —Se detuvo, y añadió a toda prisa—: No como un viejo, vamos. Maduro. Igual es por tu cultura. Esa cultura súper misteriosa.

El tictac de todos los relojes de las paredes sonaba a la vez, marcando los silencios en nuestra conversación. Alice miró a su alrededor, a los montones de discos, las estanterías llenas de videocasetes y libros que acumulaban polvo e invadían las sillas de madera tallada e incluso el suelo en torres improvisadas, los antiguos pósteres del viejo Bollywood que convivían en las paredes con copias de obras de arte históricas de distintas culturas, y las estatuas de dragones de porcelana, resina o madera que decoraban las mesas. Casi todas las habitaciones de nuestra casa parecían exposiciones de museo abarrotadas.

—Tu familia es rarísima, Ru. Pero en plan bien. Nunca había conocido a nadie que guardara en secreto todo lo relativo a su procedencia. Parece como salido de una novela de fantasía. No me extraña que tu padre y tú seáis tan fans de *El Señor de los Anillos*. Aunque no sale ni una mujer.

—Sí que salen —dije, lanzándome como un caballero a defender el libro que le había dado el año pasado como regalo sagrado.

—Vale, vale. Casi ninguna. Yo quería saber más sobre Eowyn, Galadriel y las demás. Pero, sobre todo, quiero saber más sobre tu abuelo y tu abuela y a qué se dedicaban.

—Yo también —sonreí.

Allí sentados en la biblioteca familiar, con la luz del comienzo del anochecer filtrándose entre los listones de los grandes ventanales cerrados, con los calcetines apretados contra el suelo fresco de óxido de hierro, no había nada que deseara más que mostrarle mi cultura a Alice. Mostrarle lo que ni yo mismo entendía del todo, a la sombra de unas alas enormes que se agitaban en algún lugar y que siempre parecía estar casi a punto de vislumbrar.

—¿De verdad no sabes de dónde viene tu familia? ¿Ni siquiera tus ancestros? ¿O finges delante de los desconocidos porque es súper secreto?

—Tú no eres una desconocida. ¿Sabes mucho de cultura china?

—Mucho, mucho, no. Vamos a iglesias chinas y eso de vez en cuando, aunque mamá no sea creyente. Cuando era más pequeña, íbamos de excursión en familia al templo de Achipur y hacíamos picnics junto al río, estaba muy bien. En teoría fue donde se instaló el primer chino que vino, ahí está su tumba. Sé decir algunas cosas en hakka, pero no lo hablo tan bien como el bengalí o el inglés. Mis abuelos chinos siempre me riñen por olvidar de dónde vengo. Pero yo soy de Cal y punto. Y luego están tus padres que ni siquiera te cuentan de dónde vienes. Diametralmente opuesto. ¿O sí te lo han contado? No me lo has dicho.

—No. De verdad que no lo sé. Solo me contaron que nuestros ancestros eran nómadas y que estaban todo el tiempo en movimiento.

—Mmm. —Alice levantó una pierna y la apoyó en el sofá, golpeándose la rodilla desnuda con la barbilla como si fuera un yunque—. ¿Sabías que mi padre vivió en esta casa una temporada?

—¿Qué? ¡Anda ya!

—Sí. Me lo contaron mis padres cuando empecé a venir. Fue antes de que yo naciera. Cuando la India y China estuvieron en guerra. En los sesenta, me parece. El Gobierno mandaba a los chinos de aquí a campos de prisioneros, o los deportaban a China, y les quitaban las casas porque decían que eran todos espías. Tu familia acogió a la familia de mi padre, supongo que los escondió. No sé cómo ni por qué, me lo contaron muy por encima. Pero vivieron aquí unos pocos años. Supongo que por eso montaron el restaurante aquí.

—No tenía ni idea.

Alice me miró.

—Somos casi familia —dijo con suavidad.

A mí no me lo parecía, pero en aquel momento sentí una enorme gratitud hacia los míos. Ahí estaba ella, sentada a mi lado con la barbilla sobre la rodilla, gracias a algo que habían hecho hacía décadas.

5

Un recuerdo: mi abuela arrodillada frente al altar del rincón de su habitación mientras el humo del incienso garabateaba y perfumaba el aire. Era un altar sencillo, una mesa baja de madera y en ella el retrato de mi abuelo, igual que el de la biblioteca pero más pequeño y en un marco de estaño, colocado con primor sobre un tapete de encaje. Junto a la foto, un incensario de latón, y, colgado de la pared, un pergamino como el que maa me había enseñado cuando se había quitado su velo de rostro. Didima le susurraba al retrato de mi abuelo. Tras un largo silencio, me miró mientras la observaba.

—Ven —me invitó.

Me senté a su lado con las piernas cruzadas, contemplando el bello rostro de la fotografía.

—No sabes nada sobre tu abuelo, ¿verdad? —dijo, acariciándome el pelo rebelde, que no era ni corto ni largo.

Sacudí la cabeza. Eso fue poco después de abandonar el colegio, y ya había dejado de ir al barbero a cortarme el pelo.

—Te aburres todo el día en casa, no creas que no me doy cuenta. ¿Te gustaría conocer un secreto que no debería ser un secreto?

Asentí.

—¿Has comido? ¿Y el halahala?

Asentí de nuevo.

—Muy bien. Entonces te lo contaré, y lo olvidarás.
Pero guárdalo en tu corazón. Quizás seas demasiado joven para escuchar esta historia. —Alargó la mano para
acariciar la fotografía—. Pero ¿por qué no? La olvidarás.
¿Sabes lo de los chicos y las chicas, babu?

No estaba seguro de a qué se refería, pero asentí otra
vez. Tenía doce años y una ligera idea de lo que era el
sexo, y me dio un pequeño ataque de pánico al pensar
que mi abuela me iba a explicar lo que mis padres no
habían mencionado.

—Aquí hay un refrán —dijo ella, tanto si estaba listo
como si no—: «Era demasiado bueno para este mundo».
No sé, igual es una tontería. Pero con tu abuelo... me da
qué pensar.

Sus siguientes palabras fueron en el idioma del fuego.

—Pero atiende. Cuando le vi por primera vez, tu
abuelo era una mujer. Hubo chispa. Lo que en inglés
se llama amor y en bengalí prem. Cuando supimos que
queríamos estar juntos, decidimos que deseábamos tener
descendencia. Así que se lo pedimos a la serpiente. —Mi
abuela levantó la vista hacia el pergamino que estaba sobre
el retrato de mi abuelo; el texto se retorcía y enrollaba tras
el humo del incienso—. La serpiente no distingue géneros
ni sexos. Un dragón puede brotar del árbol del mundo,
o poner el huevo del que crece el árbol, o simplemente
vivir para siempre, si el tiempo y el espacio lo permiten.
Puede decidir emparejarse con una o con muchas serpientes, o bailar solo. Cualquier dragón, sin importar del

tipo que sea o el tamaño, si se le da tiempo y lo desea, puede transformarse en la reina y poner huevos, con compañeros o sin ellos. La semilla que engendra dragones son los sueños. Por eso la serpiente se ata a nosotros, frágiles y mortales, a pesar de su poder: por nuestros sueños. A cambio comparte su aspecto, su riqueza y su sabiduría con nosotros, si la respetamos.

»Tu abuelo y yo dormimos desnudes en la carpa enorme que forman las alas de la serpiente, el único templo que hemos conocido, bajo el calor y la luz de sus fauces, mano a mano en un río de nuestro sudor y nuestra sangre, mientras hilaba su tela de araña a nuestro alrededor. Cuando despertamos, mi amor seguía siendo una mujer, pero también un hombre... n iayu lx. La misma persona, imaginada de nuevo. Y entonces mi amor y yo tuvimos un bebé juntos, una niña que llevé en mi interior sobre el lomo de la serpiente que nos trasladó a las lejanas orillas de la realidad. Nuestro bebé creció y se convirtió en tu maa. ¡Echo tanto de menos a tu abuelo! Ojalá hubiera sobrevivido más tiempo en este mundo. —Me miró—. ¿Lo entiendes?

Me parecía haber entendido algo. Sabía que los dioses y las diosas podían cambiar de hombre a mujer y de mujer a hombre en las leyendas que había leído. Me resultó extraño y hermoso que mi abuela viera a mi abuelo de esa forma. No por primera vez, me pregunté en qué lugar más allá de Calcuta habían dormido en el templo entoldado al que llamaba las alas de dragón: una imagen sacada de los libros que mi padre coleccionaba.

—Este mundo ha olvidado mucho. Ahora tú también puedes olvidar esto —murmuró mi abuela.

Yo no quería; no quería apartar los ojos de las alas puntiagudas de un dragón que se elevaban hacia el cielo brumoso, caminando bajo su bóveda cogido de la mano de alguien para reimaginarme a mí mismo en otra persona y así dejar de ser el chico de ninguna parte. Pero lo olvidé, al menos por un tiempo.

No sé cuántas historias plantó mi abuela en mi conciencia a lo largo de los años, justo antes de que la neblina del olvido cayera sobre mí.

Alice y yo, atrapados bajo la lluvia torrencial del monzón, hombro con hombro bajo mi paraguas en las callejuelas estrechas que rodeaban la Avenida Central, las alcantarillas rebosantes y ni rastro de aceras. Con los calcetines y los pies mojados dentro de los zapatos, chapoteando en aguas marrones, llegamos a una acera con las suelas salpicándolo todo. Cuando incliné el paraguas, pegado a nuestras cabezas, el agua cayó por los lados como una cascada de perlas. La lluvia martilleaba frenética sobre nosotros.

—Estamos bajo el ala de un dragón —grité por encima de la lluvia, camino a casa de los Chen—. Nos protegerá todo el camino hasta casa.

—Pues dile al dragón que abra más las alas, ¿es un bebé o qué? —respondió ella, conforme la lluvia se quebraba contra el suelo y nos golpeaba—. ¡Ouch! —se quejó, cuando el esqueleto bajo el ala se le enganchó en el pelo porque yo sujetaba el paraguas demasiado bajo. Me disculpé con profusión—. No pasa nada, estoy bien, de verdad. No le gusto a tu dragón —contestó ella, riendo bajo la luz plateada.

6

Empecé a recorrer el corto paseo hasta el piso de los Chen con más frecuencia. Apretujados los dos en la misma cama, nos dedicábamos a navegar por internet gracias al módem telefónico y a jugar en el ordenador de su familia contra Francis, el imponente hermano mayor de Alice, que me reducía a pixeladas manchas de sangre cuando jugábamos al último *Mortal Kombat* y me llamaba «chica» de una forma mucho menos amable que su hermana. Alice me defendía con valentía en nuestros pequeños torneos, con la lengua apretada en un lado de la boca, y hacía que la cama se sacudiese y temblase mientras bailaba con el mando, enfrentándose al baka-boka de su hermano para defender mi honor en la pequeña pantalla catódica a otro mundo. Francis solía ganarle a ella también, a pesar de que jugaba usando el teclado, pero no tanto como a mí. La magnanimidad de Alice se acababa cuando nos enfrentábamos entre nosotros, ahí me ganaba sin despeinarse.

Con el carnet de la biblioteca del British Council de la calle Shakespeare Sarani que tenía Alice, donde se hacían los exámenes de A-level y O-level de su colegio, sacábamos películas para verlas en la tele grande de los Chen cuando sus padres estaban trabajando en el restaurante.

Por costumbre, busqué dragones en las recias carátulas de plástico de los vídeos y, como no encontré ninguno, me decanté por películas fantásticas como *Los Inmortales* o *Conan el Bárbaro* (Alice y Francis disfrutaban las películas de miedo más que yo, aunque ella gritaba mucho). Francis nos aconsejaba en nuestras elecciones con maestría y nos descubrió todo un abanico de escenas sangrientas y de desnudos. Nos sentíamos incómodamente maduros viendo esas escenas subidas de tono en silencio en vez de entre risitas como al principio, un poco menos cuando Francis nos llamaba niños depravados. Yo me sentía culpable sin lugar a dudas cuando después, en mi habitación, esas escenas de sexo y mi cercanía con Alice mientras las veía se convertían en el telón de fondo de mis descubrimientos adolescentes onanistas.

Cuando no estábamos viendo películas o peleando en campeonatos de fuerza virtuales con su hermano, Alice me arrastraba a su habitación. Después de meterse con Francis sin piedad en su presencia, una vez me aseguró después:

—Francis no es tan tonto como parece. —Era cierto que Francis mejoraba cuando tocaba la guitarra para nosotros o nos enseñaba su rugido metalero usando el cepillo de Alice como micro—. En realidad me deja ganar al *Mortal Kombat*. Es demasiado bueno para perder. Se mete contigo porque cree que vas a ser mi novio y tiene que hacer de buen hermano mayor y meterte miedo para que no me rompas el corazón.

—¡Qué! —Ahogué un grito de asombro, como si nunca en mi vida se me hubiera pasado semejante idea por la cabeza y ahora me hubiera golpeado como una pedrada—. Eso. No. No soy tu novio —balbuceé.

Alice se echó a reír.

—¡Claro! Mi hermano es buena gente, pero es un poco zote.

—Yo nunca te rompería el corazón —espeté.

Alice cogió el cerdito de peluche que tenía encima de la cama y se lo puso en el regazo como si fuera un cachorro.

—Eres un sol —dijo, como si hablara con el cerdito, y me miró—. Pero eso no lo sabes, nadie lo sabe.

Parecía más madura de lo que era. Aquello me asustó un poco, aunque también me hizo sentir vagamente empoderado.

El dormitorio de Alice estaba lleno hasta los topes, pero tenía un pequeño balcón. Nos sentábamos en él y sacábamos los brazos y las piernas por la reja de metal, con las piernas colgando sobre la calle. Aquel pequeño espacio estaba saturado por el olor a limpio de la ropa tendida en la cuerda que había colgada sobre nosotros, mojándonos la espalda. Cuando venían sus amigas parecíamos monos en una jaula, todos apretujados, yo el único chico. Me trataban como si fuera el hermanastro pequeño y raro de Alice que tenían que cuidar, aunque fuéramos de la misma edad. No es que me ignoraran exactamente, pero hablaban de sus complicados dramas sociales como si no estuviera allí. Alice se ponía nerviosa y me preguntaba si me aburría. Pero a mí no me importaba, así que a ellas tampoco. No se cansaban nunca de hacerme coletas o trenzas (más chapuceras que las de maa o baba). Había días en los que hasta absorbía su entusiasmo y me unía a ellas cuando se provocaban unas a otras a lanzar escupitajos a los viandantes que pasaban por debajo o a arrancarse a cantar (aunque cuando eran canciones de Bollywood solo las imitaba con timidez, porque mi hindi era espantoso); nuestra audiencia nos miraba boquiabierta pero sin detenerse, y los perros callejeros a veces nos acompañaban con sus aullidos. En el año nuevo lunar, la calle bajo el balcón de Alice se convertía en un río de gente separada por una estela de leones y dragones bailarines. Observábamos las piruetas de sus melenas de neón y sus escamas de volantes al ritmo de los tambores, con los pies descalzos colgando de la reja, sobre las cabezas de los espectadores, para tentar las fauces que las bestias chasqueaban. Nunca nos mordieron.

En las soporíferas tardes de verano, Alice y yo pasábamos horas sentados allí, con su discman entre nuestros muslos. Los cables de los auriculares se alargaban entre nuestras cabezas y nos poníamos un auricular cada uno para poder hablar a la vez de libros, películas y el culebrón continuo de su vida escolar. Cuando se sentía especialmente vulnerable, se le escapaba que le gustaban uno o dos chicos de su clase, aunque aquello no parecía llevar nunca a nada. Aun así, esas conversaciones me provocaban unos celos incontenibles, aunque me alegraba saber que confiaba en mí. Prefería que se centrara en el tema de los famosos por los que estaba colada, como sus favoritos: Shahrukh Khan, Keanu Reeves y Leonardo DiCaprio (había ido a ver *Titanic* con Alice y sus amigas, y recordaba el coro de suspiros en toda la fila cuando apareció en pantalla el primer atisbo de los ojos del actor en primer plano; Alice tenía un poster de *Titanic* en la puerta de su habitación). Llegaba hasta a explayarse sobre sus dolores de regla, lo que me hacía sentir inmensamente orgulloso, como si fuera su dama de compañía honorífica.

Otras veces nos limitábamos a escuchar la música en nuestros oídos, con el zumbido del discman de Alice recalentado de fondo, mientras el estrecho valle de la calle se tornaba azul al caer la noche y se encendían las farolas, los cuervos graznaban y nuestros brazos se llenaban de picaduras de mosquito en señal de la oscuridad que se aproximaba, momento en el que la tía Chen nos gritaba desde la sala que fuéramos a merendar con todos y Alice contestaba a gritos que nos lo trajera al balcón. En aquel momento y lugar, la tormenta que siempre se agitaba en mi interior, que crecía y menguaba sin desaparecer nunca por completo, azuzada por enormes alas invisibles y por los latigazos de las serpientes, se calmaba hasta volverse imperceptible, y yo levantaba la vista hacia el sol que se ponía e inundaba las siluetas de los tejados, como un chico normal sentado junto a la amiga de la que había acabado enamorándose.

Tercera parte

1

A finales de los años setenta, antes de que yo naciera, mi padre conoció a un americano que se llamaba Sam Walsh. Venía muchas veces a El Dragón de Cristal a comer mientras leía novelas pulp. Sam llamaba la atención por lo blanco y alto que era y por una cojera que decía haber adquirido en Vietnam, donde había sido corresponsal de guerra, y que lo había llevado a retirarse y refugiarse en la paz incierta de la India. Habían sido aquellos fascinantes libros de bolsillo con dragones en la cubierta los que habían suscitado el interés de baba por Sam. Una vez roto el hielo mientras compartían una bebida, baba dio la bienvenida a ese americano barbudo tan sociable al Club de Dragoneros. Baba y él solían fumar y escuchar discos arriba, en el club, mientras charlaban sobre ciencia ficción y fantasía. Como muchos de los turistas blancos que frecuentaban la ciudad en aquella época, el americano había acudido a Calcuta atraído por el hachís y fascinado por su espiritualidad. Sam (como lo llamaban mis padres) era una de las pocas personas a las que se permitía la entrada en nuestra casa, aunque fuera solo a algunas zonas específicas. Le encantaban la comida del club, la decoración draconiana y su sorprendente secretismo, y también la biblioteca de baba. Él solo tomaba comidas normales; nada de fuentes de «dragón completo». No sé si alguna vez le dieron a Sam el té del olvido, pero nunca trajo a nadie más al club y no parecía tener ningún otro amigo cercano en Calcuta.

Mis padres tampoco tenían ningún otro amigo que no perteneciera a «nuestra gente», Sam era un caso único. Se largaba a América durante meses, pero siempre volvía, cada vez con peor aspecto que la anterior. Yo todavía no había nacido cuando se hizo amigo de baba, pero sí que crecí con él como una especie de tío extranjero. Me traía chocolatinas Hershey, que a mí me olían un poco a vómito pero estaban deliciosas, paquetes de chicles de hierbabuena Wrigley que masticaba hasta que me dolía la mandíbula y botes de Pringles que atesoraba como si cada patatita fuera una pieza de oro, racionándolas y enfadándome cuando los adultos me robaban unas pocas. Pero, según me fui haciendo mayor, empecé a apreciar las colecciones que incorporaba a la biblioteca de mi padre más que las chucherías extranjeras: cómics y novelas difíciles de encontrar en la India en aquella época y relucientes cintas de vídeo de toda clase de películas, en lugar de las copias piratas con carátulas con colores de Xerox que conseguíamos en Verdaan o en A. C. Market. La colección de ciencia ficción y fantasía de baba creció exponencialmente gracias a él. Me encantaba ver aparecer a Sam en casa por esos regalos, y porque significaba que saldría con él y con baba y maa al cercano hotel Broadway, su residencia calcutense. Me comía de buen grado el pescado frito empanado y las patatas fritas medio crudas con su buen montón oloroso de ketchup y kasundi por encima, mientras Sam y baba se emborrachaban a base de beber infinidad de cervezas (maa también las tomaba, pero nunca tantas). Su risa flotaba hasta los techos altos y los ventiladores del bar que traqueteaban como si estuvieran en un antiguo salón de bodas, la niebla del humo de los cigarrillos haciendo las veces del humo de una chimenea inexistente. Sam siempre me pareció un enano demasiado grande, tan fornido y con esa barba, como si formara parte de las fantasías que comentaba entusiasmado con baba. Por supuesto, éramos nosotros, mi familia y yo, los que en realidad pertenecíamos a mundos como aquellos, algo que sabía en lo más profundo de mi ser, aunque por aquel entonces no tenía ninguna certeza al respecto.

Cuando baba terminó el manuscrito de la novela de fantasía con la que había batallado tantos años frente a su máquina de escribir, la compartió con Sam. Sam se enamoró de ella, le fascinó la idea misma de que un tipo indio con el aspecto étnicamente ambiguo de baba (baba nos había identificado como «ateos», y Sam había sacado la conclusión de que pertenecíamos a la *New Age* y nos oponíamos por motivos filosóficos a que se nos identificara por nuestro grupo étnico, aunque seguramente asumía que éramos chinoindios) escribiera una novela de fantasía en inglés. El libro de baba iba sobre jinetes de dragón de un planeta lejano que migraban por el espacio gracias a la habilidad de sus monturas de atravesar múltiples realidades. El motivo: los imperios que se destruían a sí mismos en su planeta al utilizar a los dragones como armas destructoras de mundos y tejedores de realidad. Al final, los nómadas y sus dragones llegaban a la Tierra, por supuesto. Sam hablaba de cuánto le recordaba a *Superman* («¡Huida del Krypton Draconiano!») y a Anne McCaffrey mientras le daba la tos por culpa de los porros demasiado cargados. Le contó a baba que estaba montando una editorial en Seattle y que lo iba a hacer famoso. Por aquel entonces yo era muy pequeño, pero me acuerdo de las peleas furibundas de mis padres sobre la propuesta de publicación de Sam. Maa toleraba a Sam, hasta disfrutaba de su compañía a veces, pero pensaba que intentaba aprovecharse de mi padre; había un motivo por el que no se dedicaban a hacer amigos en Calcuta, y mucho menos hippies siempre fumados que habían venido de América. Una vez, baba gritó: «¡Lo hago para honrarte a ti, a tu madre, a nuestra familia!». La respuesta de maa fue: «Por favor. Nos estás utilizando para honrarte a ti mismo, para hacerte famoso como esos autores que te pasas el día leyendo. ¡Le estás vendiendo toda nuestra cultura a un hombre del que no sabemos nada!». Por supuesto, estoy dándoles sentido a las discusiones con lo que entiendo de la situación en retrospectiva, a partir de las palabras que recuerdo que se lanzaban el uno al otro. Por pequeño que fuera entonces, entendí que baba quería publicar el libro y maa no quería que lo hiciera.

A pesar de las protestas de mi madre, al final mi padre firmó el contrato. A modo de concesión (seguramente no solicitada), mi padre usó un seudónimo ridículo que Sam y él se habían inventado durante una de sus jornadas porreras como tributo a los autores favoritos de ambos. Contra todo pronóstico, el contrato no era un timo. Sam se fue de Calcuta durante un año y un día volvió con dos copias en tapa blanda de *La hija del dragonero*. En la cubierta había una ilustración chillona en la que aparecía una mujer bronceada de ojos verdes, vestida con un bikini metálico que blandía una espada contra un dragón musculoso color esmeralda, con las alas extendidas e iluminado por una estrella que se elevaba sobre la curva de un planeta azul. A baba no le gustó demasiado esa elección artística para su lírica novela sobre un clan de jinetes de dragón que había abandonado un planeta destrozado por la guerra, pero lo aceptó. Recuerdo cómo perseguía lastimosamente a mi madre intentando enseñarle el libro.

Ella le echó un vistazo, el rostro de piedra, y siguió con lo que estaba haciendo sin pronunciar una palabra. A mí me lo enseñó muy orgulloso. Cuando le pregunté si era como *El Hobbit* pero con una chica, se echó a reír. Me cogió de la mano y me llevó a enseñarle el libro a didima. Ella estaba trabajando en la rueca, hilando lo que debían ser velos de rostro de seda invisible. Mi abuela entornó los ojos para mirar el libro y se lo devolvió a mi padre. «Si así es como muestras tu respeto a los nuestros, es que eres muy estúpido». Levanté la mirada hacia baba. Nunca le había visto tan mala cara.

Xoraal observa al joven dragón saltar de su brazo para emprender su primer vuelo, el guantelete liberado por fin del gran peso de sus garras negras.

Lo ha hecho muchas veces antes, pero siempre le arranca una sonrisa verlos elevarse por primera vez, desplegando las alas en los vientos gélidos como banderines empapados de sol. Xoraal mira a Shoxia, que observa deslumbrada al dragón que se aleja volando de su padre. Digna hija suya, un draco aún más joven reposa en su hombro.

El draco sacude las alas en crecimiento, como si imitara a su veterano congénere en el aire.

Extracto de *La hija del dragonero*, de Elric Ray Kroeber (Spearpoint Press, pub. 1988)

2

La hija del dragonero fue el primer y único libro de Spearpoint Press y vendió cincuenta y dos ejemplares. «Demasiado parecido a Anne McCaffrey», caviló Sam mientras degustaba una copa de Old Monk en El Dragón de Cristal. Baba recibió dos informes de derechos de autor (los dos por valor de cero dólares o rupias) de Seattle y después dejaron de llegar. Sí que cobró un anticipo por el libro, aunque nunca supe de cuánto. Supongo que no demasiado. La pequeña editorial de Sam cerró en un año más o menos y el resto de los ejemplares de la novela se destruyeron.

Sam Walsh desapareció de Calcuta (o a lo mejor solo de nuestras vidas) poco después del fracaso del libro de mi padre y de la editorial. Esto fue antes de la llegada de internet, y no volvimos a verle. A veces me acuerdo del tío Sam, que odiaba que lo llamaran así, pues tras su paso por Vietnam había desarrollado una desconfianza apacible pero imborrable hacia el autoritarismo de su país. Pienso en los regalos que me traía y en su destino como heraldo de la corta carrera como escritor de ficción de mi padre en la Tierra. Cuando Sam dejó de aparecer por nuestra casa de vez en cuando, como un mago veleidoso entre misiones misteriosas, le pregunté varias veces a baba por él. Baba siempre se encogía de hombros y respondía: «El viaje desde América hasta aquí cada vez es más caro». Y descartaba el recuerdo de su querido amigo como si fuera una molestia. Aprendí a no preguntar. No sé si baba mantuvo alguna correspondencia secreta con Sam después de la debacle del libro o si recibió al menos una carta que explicara su desaparición. Guardo la esperanza de que su ausencia se debiera a la vergüenza y no a algún motivo siniestro más allá del fracaso del negocio de sus sueños.

Tras la incapacidad de su novela de ascender a las alturas de los clásicos de ciencia ficción y fantasía que atestaban sus estanterías, muchas veces veía a mi padre sentado en el jardín fingiendo leer su propio libro. Se detenía cada pocos segundos para sacudir la cabeza y observar la cubierta, como si dudara del disparate que sostenía entre sus manos. Después se levantaba y apoyaba la mano en el tronco del gran árbol plantado en el centro del jardín, susurrándole algo a la corteza con los ojos cerrados. Yo lo contemplaba todo desde lejos, desde los balcones. Uno de aquellos atardeceres, maa se unió a él y le apoyó la mano en el hombro cuando estaba sentado bajo el árbol con la mirada clavada en su libro fallido. Mi padre levantó la vista, sorprendido. Ella se sentó en el suelo a su lado. Baba parecía un gato acorralado mientras ella le daba palmaditas en el brazo y le decía algo. Él se giró y le dio la espalda.

Después vi a mi madre recoger con una ternura infinita los largos mechones negros de mi padre para hacerle una pulcra trenza. Se quedaron sentados juntos un rato, mientras caía la noche, baba con el libro en las manos. Movía los labios y ella escuchaba. Le estaba leyendo. Los murciélagos salieron de los árboles, trayendo la oscuridad.

Sam se había llevado el manuscrito original de la novela a Seattle cuando firmaron el contrato. Baba quemó los dos ejemplares que tenía en una hoguera de queroseno que encendió en el jardín del patio cuando estaba borracho. Maa apagó el fuego y rescató uno de los ejemplares, al que solo le habían salpicado unas gotas de combustible, aunque quedó ennegrecido casi por completo. Nunca llegué a leerlo entero. El ejemplar quemado y rescatado se guardó en una caja de madera labrada en la biblioteca, como si fuera un libro maldito, pero no estaba demasiado protegido. Cuanto más me pesa la imposibilidad de mi familia con cada día que pasa, más deseo haber podido leerlo entero.

Muchos años después de la pequeña hoguera de baba, Alice y yo abrimos la caja, con su tapa esculpida y el olor a cenizas. Leímos las partes de *La hija del dragonero* que pudimos, manejando con cuidado aquel libro que se deshacía como el raro objeto de coleccionista que era (o que habría sido si algún coleccionista hubiera conocido su existencia). Alice y yo nos sentábamos en la terraza de la azotea a cielo abierto y nos leíamos pasajes manchados por el fuego el uno al otro mientras mi padre, en la planta de abajo, ignoraba por completo las actividades de sus nuevos fans. Recuerdo los destellos en prosa de un mundo gigantesco en el que no existía el suelo, solo un océano eterno de tormentas y mares gaseosos, un mundo en el que los nómadas vivían en el cielo, en cabañas tejidas con la saliva sedosa de las serpientes, en ciudades hiladas como gotas de rocío en las telarañas suspendidas entre las ramas de los árboles primigenios del mundo, árboles de troncos infinitos y raíces que se perdían en las profundidades, más altos que las montañas más prominentes de la Tierra, en los que los dragones crecían y también vivían. De cómo los grandes imperios que habían proliferado como moluscos en los troncos y las ramas de los escarpados árboles del mundo habían empezado a infectar las mentes de las serpientes, transmitiéndoles su avaricia, llenándolas de ira y convirtiéndolas en inmensas armas que aullaban y deformaban la realidad para arrasar a los clanes rivales, saturando los cielos de guerras y arrancando las ramas de los árboles del mundo, despedazándolos por primera vez en milenios. De cómo unos nómadas habían planeado su huida de aquel mundo, obligados a escapar con sus propios dragones en busca de paz, perseguidos de una realidad a otra por las atroces legiones aladas de esos imperios malignos. De cómo los nómadas nadaron sin fin a través de los múltiples océanos del tiempo y el espacio, en busca de un nuevo mundo que los protegiera.

Más allá de los desfiladeros eternos de las mega estructuras cósmicas, a través de los filamentos fractales del espacio-tiempo, hasta llegar a otro universo y, descendiendo por la escalera de una espiral de estrellas, hacia un punto azul pálido que los llamaba.

Cuarta parte

1

Alice Chen y yo nos besamos el año que vimos la primera película de *El Señor de los Anillos* en el New Empire (volví a verla con baba, que me abrazó después, abrumado), un beso inevitable, o quizás solo lo parezca en retrospectiva. De hecho, fue ese mismo día, el de mi dieciocho cumpleaños, el día que me sorprendió con dos entradas para la sesión matinal y me cogió la mano en una oscuridad aguijoneada por la luz cuando Sam y Frodo se abrazaron en una barca.

Después vino a casa conmigo. Animada por la película, Alice quería saber más sobre las tradiciones extrañas y fantásticas de nuestra familia; los escasos destellos que habíamos descubierto a lo largo de los años nos habían llevado a compartir un lenguaje de anhelos, como los libros que habíamos leído juntos. Baba, que al principio quería saberlo todo sobre la película, se había emocionado con la oportunidad de alardear como en los viejos tiempos, ya que el Club de Dragoneros cada día estaba más vacío. Invitó a Alice a una cena temprana en la cantina por primera vez en todos los años que hacía que la conocíamos, en lugar de mantener nuestra tradición de cenar en El Dragón de Cristal por mi cumpleaños. Alice, aburrida como siempre de la comida del restaurante, estuvo de acuerdo y llamó a sus padres para avisar de que llegaría más tarde.

Maa fue sorprendentemente cariñosa y receptiva ante la presencia de Alice en aquel lugar prohibido. Quizás mi treta de invitar a mis compañeros de colegio tantos años atrás la había preparado para la inevitable presencia de Alice en su santuario más oculto. Pero yo también sabía que le tenía cariño, a pesar de su desconfianza hacia cualquiera que viviera más allá de las paredes de nuestra casa. Creo que en secreto le alegraba la rara oportunidad de sentarse a compartir una comida con la única amiga verdadera de su hijo. En cualquier caso, la comida fue menos impactante que aquella con la que se tropezaron Neil y Ranjan en su día. Mis padres sirvieron arroz al vapor y un kadai de cabra guisada tan picante que nos quemó las fosas nasales antes incluso de darle un bocado.

—Cabra Asada al Aliento de Dragón —anunció baba.

Alice estudió el kadai.

—Huele que alimenta, tíos, pero ¿por qué el nombre me recuerda a un plato de la carta de nuestro restaurante? —dijo con una carcajada.

—Ahora va a empezar con toda la cháchara oriental, ya verás. Paka meye —dijo maa, dándole una palmadita en el hombro y sentándose.

Baba estaba disfrutando de lo lindo.

—Es un nombre sencillo y realista, Alice. Te prometo que no es un plato chinoindio ni nada que hayas tomado antes. Es lo que come nuestra gente, como querías. Primero, hay que llevar una cabra viva al centro del nido de un dragón (por ejemplo, esta casa); después, hay que ungirla con una canción y sangre de tu brazo. —Levantó el antebrazo, donde se percibía una cicatriz pálida. Maa parecía un poco incómoda—. El dragón hace acto de presencia. Sus alas barren el cielo y se pliegan sobre ti. —Mi padre hizo una pausa, como si estuviera eligiendo las palabras con gran cuidado—. Es como estar de pie bajo los arcos de una catedral. Tras recibir esa lección de humildad, le pides al dragón que te conceda su bendición. El dragón lame la cabra del sacrificio con una lengua de fuego tan puro como el del sol. Solo por un instante, nada más. Despojamos a la cabra muerta de la piel chamuscada y negra con nuestros cuchillos, le sacamos las entrañas abrasadoras y se las damos a la serpiente. La carne, tierna, se despega de los huesos con facilidad. Utilizamos esa carne bendecida, y condimentada con aliento de dragón, para cocinar el guiso. Y así llegamos a «Cabra Asada al Aliento de Dragón». Sencillo.

Baba sonrió con la expresión del mago que acaba de descubrir su truco. Tuve una visión repentina del brazo de mi madre en tensión mientras sujetaba con firmeza la cuerda que ataba una cabra, de regreso de la carnicería musulmana más cercana, conmigo siguiéndola a una distancia prudencial, después de que más de un animal para sacrificar me hubiera propinado una coz que me había mandado al suelo.

—¡Qué pasada, tío! Me muero de ganas de probarlo —dijo Alice, que sin duda se estaba acordando de la corta carrera de escritor de mi padre.

Le había prohibido hacer ninguna mención al respecto, porque era un tema que lo volvía susceptible. Maa dejó caer los hombros y sonrió. Por supuesto, no había nada de verdad en aquello. Solo eran historias. Alice lo sabía. Nos comimos el guiso con arroz, tenía un sabor ahumado y era de un picante explosivo; la carne estaba sabrosa y suave, y tenía un regusto a hierro jugoso y nítido que a mí solo me recordaba a la sangre.

—Es delicioso, tíos —añadió Alice, sofocada y brillante de sudor.

Se lo acabó todo. Al ver que el picante le resultaba demasiado fuerte, baba trajo de la nevera una botella fría de Kingfisher y la sirvió en dos vasos.

—Por qué no, ya sois los dos bastante mayores como para beber un poco de cerveza —dijo, mientras miraba a maa en busca de su permiso tácito.

—Pero no os la bebáis de un trago. No quiero tener que explicarles a tus padres cómo hemos permitido que su hija se emborrachase —repuso maa, sonriendo a Alice, que recibió con una gran sonrisa ese tímido reconocimiento de nuestra madurez.

—Salud —exclamó baba, levantando su propio vaso de whisky—. Por Ru y Alice, en el umbral de la edad adulta, y por los pequeños clanes forjados en cenas compartidas.

A pesar del calor dentro y fuera de nuestros cuerpos, tuve un escalofrío cuando todos brindamos y entrechocamos nuestros vasos.

Tras el contundente guiso y los sorbos entusiastas de cerveza, tuvimos más dificultades para acabar con la sustanciosa sopa de pescado que vino después.

—Sacada del estómago de una serpiente que subió al cielo en busca de su compañera, la serpiente Hooghly, espoleada por la luna, para sumergirse en sus aguas carnosas y regresar con una recompensa plateada —explicó baba. «Vómito de dragón», deduje yo—. Debes enviar a un draco de aire a pescar cuando está nublado, así puede esconderse durante la temporada de lluvias y de kalboishaki mientras cabalga la lluvia y el viento, y lo único que sería capaz de ver un desafortunado testigo guarecido bajo su paraguas sería el látigo de un relámpago golpeando el río en vez del brillo de una serpiente.

Alice rio y aplaudió.

Yo ya había comido todas esas cosas antes, pero en ese momento las historias resonaron en mi interior como si las estuviera oyendo por primera vez, y los recuerdos vibraron al unísono: mi madre acariciando la silueta metálica y cubierta de espinas que la rodeaba en el patio oscurecido por las nubes, un fango plateado en ebullición que tamborileaba contra una gigantesca olla dekchi de hierro fundido colocada en el suelo, cayendo desde unas fauces humeantes abiertas sobre el hombro de mi madre. El paraguas negro azabache que goteaba y la protegía del golpeteo de la lluvia no era un paraguas en absoluto, era demasiado grande, demasiado amorfo, las alas trémulas de la serpiente que la envolvía.

—Este plato es más un gusto adquirido, eso está claro —dijo baba—. Le añadimos mucho arroz para que no resulte tan… potente. El arroz se cocina solo, sin fuego ni nada, por lo caliente que está la sopa.

—Está buenísimo, es que estoy ya muy llena de la carne —replicó Alice con valentía, comiendo a cucharaditas.

Cuando acabamos de comer, les pedí a mis padres:

—No nos deis el té del olvido.

—Espera, eso suena interesante. Yo sí que lo quiero —intervino Alice.

Mis padres intercambiaron una mirada.

—Créeme, no lo quieres, sabe fatal, es muy amargo. Parece jarabe para la tos. Hazme caso.

—Pero ¿y si le cuento a todo el mundo que todos vuestros trucos culinarios proceden de los dragones? —dijo Alice, entrecerrando los ojos y agachando la cabeza como una villana.

—Ah, venga ya, sabemos que tú nunca nos traicionarías, beta —contestó baba con muchos aspavientos para disipar la tensión que se sentía en el aire, mientras echaba miraditas disimuladas hacia maa.

—De todas maneras, creo que se nos ha acabado el té —repuso ella, y empezó a recoger la mesa.

Alice, que no había notado nada, hizo el gesto de cerrar la boca como una cremallera.

—Vuestro secreto está a salvo conmigo, tío.

El té no se volvió a mencionar. Quizás no había nada que tuviéramos que olvidar en realidad, pero fue la primera vez que mis padres estuvieron de acuerdo en no darme el halahala.

Alice y yo ayudamos a lavar los platos en la cantina y subimos a la terraza de la azotea para ver la puesta de sol. De camino, saludamos a mi abuela, que estaba acostada en su habitación, como hacía con mucha frecuencia en aquella época. Nos pidió un abrazo a cada uno y nos dejó continuar. Alice estaba inquieta, seguía sofocada por la comida, aunque no hubiera sido una fuente de dragón completo. Comprendí que las descripciones de mi padre le habían dado alguna pista sobre la verdad de la casa. Su intensa curiosidad, renovada, desenroscó parte de lo que mi cuerpo y mi mente habían suprimido de esa misma verdad y de mi dependencia de Alice y su normalidad. En la azotea, un cielo despejado se extendía sobre nosotros como un enorme río que separaba el jardín de mi casa de la ciudad, con sus múltiples ventanas que ardían con la puesta de sol.

Alice se apoyó en la pared oscurecida por la polución, en el lado que daba al jardín del patio. La copa del árbol que ocupaba el centro del jardín se prolongaba más allá del nivel de nuestros ojos, las ramas capilares de su cima filtraban siluetas negras en el cielo. Varias alas ondeaban en la penumbra trazando círculos alrededor de las ramas.

—Veo dragoncitos volando alrededor del árbol —comentó Alice, inclinando la cabeza hacia la brisa que agitaba la copa para que le refrescara el rostro húmedo.

Entorné los ojos, fijándome en las formas aladas que dejaban un rastro de manchas en la hoguera del atardecer. A mí me parecían murciélagos. El jardín titilaba con luces bailarinas, mientras las sombras lo invadían en preparación de la noche.

—Mira eso, ¡qué bonito! Eso no son luciérnagas, son los dragones más pequeñitos, del tamaño de un mosquito, como los del libro de tu padre. No les gusta la polución de Cal. Les da la tos, una tos chotto de fuego.

Kawaii —dijo con un gritito al final, y se rascó el brazo—. También pican.

Me cogió de la mano por segunda vez aquel día y me alejó de la pared.

—Túmbate conmigo —añadió, soltándome la mano y echándose a la larga en el suelo.

Llevaba un vestido lencero de tirantes con un estampado floral oscuro sobre una camiseta de Slipknot que le había regalado su hermano por su cumpleaños unos meses antes, y una gargantilla de encaje negro. Supuse que el vestido también era nuevo, no se lo había visto antes.

—Te vas a manchar la ropa.

—¿Lo dices en serio? —preguntó desde el suelo.

Me solté el pelo y me tumbé a su lado; nuestros brazos se rozaban. Me deslicé el coletero verde en la muñeca, el mismo que me había regalado ella hacía años. Se había dado de sí y había que darle unas cuantas vueltas más que al principio.

Alice tamborileó en su estómago con las manos extendidas y se le escapó un pequeño eructo.

—Madre mía, estoy llenísima. Tus padres cocinan de película.

Yo también me puse las manos en la tripa, me notaba un poco revuelto.

—¿Qué te pasa? ¿Por qué estás tan callado? Después de la peli no parabas de hablar. ¿Te pasa algo? —preguntó Alice.

—No, nada. Solo pienso en el cumpleaños.

—Ah. Ser adulto es un asco, eso seguro. Bienvenido a los dieciocho —respondió ella, como si llevara teniendo dieciocho años toda la vida en lugar de unos pocos meses. Yo había ido a su fiesta en el piso de los Chen. Perdido en un mar de bromas privadas entre sus compañeros de clase, incluidos los chicos misteriosos, mucho menos interesados en el vecino tímido de Alice que sus amigas, me había ido pronto. Alice pareció llevarse una decepción.

—Estaba pensando en que el año que viene acabarás el colegio —dije.

—La que tiene que estar triste por eso soy yo, no tú. Estás pensando en todo lo que vas a echar de menos pasar el rato con mis amigas, ¿a que sí?

—Anda, calla.

—No te preocupes, seguiré llamándolas cuando vengas. Solo para ti. Incluida Neha, que sigue coladita por ti, por cierto.

—Claro que no.

—Ajá —rio Alice—. A veces eres la cara bonita más despistada del mundo.

Como si fuera un talismán que la atraía, volvió a cogerme la mano y la sostuvo un poco en alto, acariciándome los nudillos con el pulgar, pasándolo sobre la cicatriz casi invisible. Ella sabía que estaba ahí.

—De cuando le di un puñetazo a un racista. En esos tiempos arcanos en los que yo iba al colegio —comenté. Esa anécdota también la conocía.

—Un comportamiento muy de macho para una hermosa princesa perteneciente a una cultura misteriosa.

—Las princesas pueden ser fuertes.

Alice se echó a reír, exasperada.

—Ya lo sé, Ru, no hay nada malo en ser una chica, blahdi bla. No hace falta que me impresiones todo el rato. Ya sé que eres inteligente. Pero también me gusta que seas suave.

Volvió a colocar mi mano sobre mi estómago. Me giré para mirarla a la luz que se desvanecía, para descubrir si estaba molesta. No estaba seguro.

—No creo que hubiera ninguna princesa en nuestro pueblo —dije.

—Es verdad, no salía ninguna en el libro de tu padre. Pues vale, no eres una princesa. Solo una belleza. —Podía escuchar la sonrisa en sus palabras—. Como Arwen en la película. Pero sin ser blanca. Aunque después Arwen se convierte en reina... No puedes escapar de tu destino.

Sobre nosotros, el cielo estaba dividido por la cuerda de tender vacía, que cruzaba la terraza atada a dos postes. Los rescoldos dorados del atardecer que habíamos presenciado acumularse contra el relieve oscuro de Calcuta se estaban apagando, prendiendo las estrellas, al menos las que brillaban lo suficiente a través de los eones para penetrar la fina capa de polución sobre nuestro pequeño rincón de la Tierra. El faro de una aeronave se colaba entre ellas, un ruido sordo tranquilizador. Alice se levantó de repente, se sacudió el vestido y agarró la cuerda de tender con las manos. Yo también me levanté. Tiró de la cuerda, mirando a las estrellas, a la gélida huella dactilar de una luna creciente contra el fondo despejado del cielo.

—A veces sigo sin creer que sea real —susurró.

—¿El qué?

—Que sea amiga tuya. Tuya, del último de los tuyos. Me acuerdo de cuando pensaba que no eras más que un niño raro que no iba al colegio y que vivía encima del restaurante de mis padres. —¿Cómo me iba a imaginar que albergabas los secretos de un mundo entero?

Arrastré las zapatillas sobre el suelo.

—Ya no soy un niño, pero el resto sigue siendo verdad.

—No mires abajo, mira hacia arriba. —Lo hice. Volvió a tirar de la cuerda, empujándola hacia abajo con el peso de su cuerpo—. Esta cuerda está hecha de saliva proveniente de las fauces de un dragón que surca el cielo. La telaraña invisible de dragón que los dragoneros son capaces de ver —continuó Alice, parafraseando palabras sacadas de *La hija del dragonero*—. No hay tierra bajo nuestros pies. Y ahí arriba está el océano eterno. No te sueltes, podrías caer para siempre entre los mundos.

—Creía que ahora ya éramos adultos. Al cumplir los dieciocho y tal.

Alice soltó la cuerda, que rebotó y zumbó.

—No estás siendo nada misterioso.

—Deja de decir… No soy misterioso. O por lo menos no quiero serlo. Y ya sabes que todo ese rollo de los dragones no es real, ¿no? Mi padre se lo inventó todo.

Alice me miró y se limpió la frente; sus gestos exagerados habían desaparecido.

—¿Por qué me hablas como si fuera tonta?

Su tono de voz era cortante. Me dio la espalda y cruzó la terraza hasta el parapeto que daba a la ciudad. La seguí.

—¿Alice?

—Pensé que nos lo estábamos pasando bien. Hoy tuve un día genial contigo, y... ¿De qué coño vas? ¿Te crees que por ver *El Señor de los Anillos* ahora creo que hay hobbits escondidos en tu jardín? Claro que sé que no es real. Nada lo es. En el Año Nuevo chino, los dragones no son reales, pero eso no significa que no puedas disfrutar de verlos. ¿No? Pensaba que eso era lo que hacíamos. Me coloqué a su lado. Ella se alejó. Di un paso atrás. Nunca nos habíamos peleado en serio. Si el otro nos molestaba, solíamos reconocerlo sin más y pasar un tiempo alejados. Me pregunté si eso era sano. Me pregunté si acababa de cargarme nuestra amistad.

—Lo siento —dije. Ella no dijo nada—. Ya sé que es raro que te lo pregunte —continué—. Se me olvidó lo raro que es porque eres tú. Pero lo cierto es que a veces yo no sé lo que es real y lo que no. Si mi familia es de este país, o de ninguna parte, o de dónde. No sé cómo de factible es pertenecer a una cultura de la que nadie más en el mundo parece haber oído hablar. No sé quien es... «mi gente», ni quién debería ser yo. No me siento indio, ni un hombre como se supone que deben ser los hombres, hay días que ni siquiera me siento humano.

Alice se giró para mirarme, con la luna bailando en sus ojos.

—Sí que siento que soy el último de los míos —añadí—. Y no es un sentimiento agradable, es como si el tiempo se acabara y yo no estuviera haciendo nada, no soy nada. Ni siquiera sé cuál es mi legado, qué es lo que se supone que debo recordar y honrar. A veces me siento confuso. Y... y no tengo forma de describírselo a nadie. Nadie tiene las palabras adecuadas. No tengo a nadie a quien contárselo. Excepto a ti.

»Sé que tú eres real.

—Soy una imbécil —dijo ella con suavidad.

—No, no lo eres.

—Sí que lo soy. Ni siquiera lo pensé. Tu familia y tú sois tan dulces conmigo que ni siquiera me planteé cómo son las cosas para vosotros. Solo estaba jugando, y es toda tu… vida con la que jugaba. Soy tan imbécil.

—No lo eres. Fui un exagerado. No pasa nada.

—Sí que pasa. Pasa. —Se acercó a mí y me sujetó el rostro entre las manos cálidas—. Pero pasará. Estarás bien. —Se inclinó y me dio un beso suave en la mejilla—. Ay, Ru, no lo entendía, lo siento mucho.

Cerré los ojos y sentí sus labios sobre los míos, nuestras lenguas tocándose, un toque ácido de aliento de dragón en nuestras gargantas cuando nuestros latidos se encontraron. Nos separamos, con sus manos en mi cuello, y observé incrédulo su rostro bañado por la luz del crepúsculo, su pelo pegado en la frente temblando por la brisa.

—Ha sido mi primer beso —le dije.

—El mío también —respondió Alice, acercándome a ella para que nuestros cuerpos se tocaran. Me abrazó con fuerza y escondió el rostro en mi cuello. Me dio un escalofrío cuando habló contra mi piel—. ¿Ru?

—¿Sí?

—Sabes que conmigo puedes hablar, ¿no?

Deshicimos el abrazo, todavía rodeando al otro con los brazos.

—Sí —le contesté a sus ojos brillantes—. Lo sé. Todo el tiempo.

—Ya sabes lo que quiero decir. Nunca le contaría a nadie las cosas que aprendo aquí, contigo. Puedes contármelo cuando te sientas confuso o... cuando sientas que no eres normal. No estás solo. Yo lo he sentido muchísimas veces, en el colegio, en esta ciudad, cuando paseo y la gente me mira y pienso que es porque soy china o porque soy una chica. Creo que el que te sientas así te hace bastante normal, ¿sabes?

—Gracias —respondí, y aparté la mirada de su rostro, que tras nuestro beso de alguna forma me resultaba demasiado brillante.

Un suspiro envuelto en una carcajada, y su mano en mi pecho.

—No demasiado normal, por supuesto. Eso es aburrido.

Levantó la mano hasta mi rostro y me rozó la mejilla con la mayor delicadeza para que la mirase.

—Existes —dijo.

Un beso a los dieciocho, bajo la luz de una luna creciente de marzo, con el árbol del mundo titilando en el umbral de nuestra vista, mientras los aviones nos observaban con envidia entre las estrellas. Después, llevé a Alice a habitaciones en las que nunca había entrado, las que los invitados nunca visitaban aunque no estuvieran cerradas con llave. Mis padres estaban en el club bebiendo y mi abuela dormida, y además yo sabía que a ella no le importaría. Como era mi cumpleaños, suponíamos que los padres de Alice no llamarían para decirle que volviera a casa hasta más tarde, teníamos tiempo de hacer lo que quisiéramos. Los pisos superiores de la casa estaban vacíos, laberínticos en la fresca oscuridad. Así que Alice y yo exploramos.

La llevé a la habitación de los pergaminos en las paredes cubiertos de un lenguaje tupido que vacilaba como el fuego y se enroscaba como los tendones ante nuestra vista, el lugar en el que mi madre me había mostrado su velo de rostro por primera vez. Si los observábamos el tiempo suficiente, descubríamos leves afluentes en el pergamino de cuero, como árboles, o ríos, o redes de capilares que alguna vez habían fluido con vida.

La llevé a la habitación de los tapices de seda tan fina que los hacía translúcidos; las serpientes ondeantes y las llamas que los decoraban casi se desvanecían, como si fueran trucos de luz. Uno de los tapices, que cubría casi una pared entera, mostraba un sistema solar que no era el nuestro; en su tejido fino como una tela de araña brillaban los círculos interconectados de las esferas celestes.

La llevé a la habitación de los aparadores con puertas de cristal atestados de huesos blancos y negros como dagas curvas; algunos imitaban auténticas armas y algunos estaban desnudos, otros ensamblados en cordeles o alambres para transformarlos en joyas. Dientes y garras, pequeños como perlas o largos y curvados como cimitarras. Esquirlas dentadas de cristal titilante de múltiples tonalidades… o las escamas astilladas de algo gigantesco.

No abrimos los aparadores, que estaban cerrados con llave; nos limitamos a observarlos de pie, sumidos en un silencio reverencial, el rostro de Alice sobrecogido por un asombro infantil. No hablamos entre nosotros sobre los huesos, de qué animal podían proceder esas escamas, colmillos y garras, de qué mineral o de qué piedra. Los dejamos tal como estaban. Deambulamos hacia los balcones y miramos a través de las cuerdas de tender la ropa hacia el jardín reluciente y su árbol enorme envuelto en la noche, en el que cantaban insectos, ranas, cosas desconocidas.

—¿Podemos leer el libro? —preguntó Alice, y supe al instante a qué se refería.

Así que volvimos a nuestro punto favorito de la biblioteca para sacar a hurtadillas el ejemplar dañado de *La hija del dragonero* de su caja, y de paso una botella de Old Monk del mueble bar (tras la sugerencia nerviosa de Alice), y subimos otra vez a la azotea para leerlo en voz alta por turnos a la luz de una linterna. No me gustaba el sabor que nuestros comedidos sorbos de ron me dejaban en la lengua, pero me excitaba su sabor agridulce en la boca de Alice cuando nos besamos de nuevo entre palabras. A nuestro alrededor daban vueltas pequeños dragones, chillando como murciélagos, con alas pálidas bajo la luz de las estrellas. Nos tumbamos en el suelo lado a lado y nos descolgamos de la Tierra, y ya no estábamos en la Tierra, sino que éramos dragoneros inmersos en el vacío sobre el mundo de la tormenta eterna, donde las grandes serpientes agitaban el océano y el cielo hasta convertirlos en uno, cuando el tiempo era joven. Cielo encima y debajo, éramos nómadas en la celosía invisible que forma la telaraña de los dragones, enhebrada en las ramas titánicas de un árbol del mundo que se extiende hacia abajo para siempre, adentrándose en el azul abismal, y atraviesa la calma superior de los vapores y las nubes, atraviesa los mares superiónicos y el hielo volátil, las tormentas abrasadoras y las lluvias de diamante que son prismas permanentes de luz, hasta llegar al núcleo ardiente donde las serpientes nebulares que bailaron en el barro primordial del vacío hasta transformarlo en una esfera de tiempo y espacio que se convirtió en el mundo siguen bailando entre las raíces llameantes de este bosque planetario. Cogidos de la mano, Alice y yo vimos sobre nosotros el lado nocturno de ese mundo tan vasto que podría llenar el cielo entero de la Tierra. Sentimos nuestros cuerpos aligerarse, nos aferramos a la mano del otro para seguir juntos y evitar caer en su enorme gravedad. Vimos las luces de ciudades distantes y de pueblos que brillaban en la telaraña invisible del dragón como si fueran estrellas, suspendidas encima (debajo) de nosotros contra el azul oscuro del océano eterno, con su calma engañosa ocultando los vientos de una marea que podría despedazarnos. Vimos la esfera brillante y luminosa de una colmena de dragón tejida, planeando como una luna en la telaraña invisible, la creación de un imperio de dragoneros, mucho más vasta que ninguna de las ciudades de clanes estelares que eclipsaba. Muy por debajo de nosotros, que colgábamos de nuestro propio nido pequeño e insignificante, vimos una mota de polvo envuelta en el rocío de la telaraña, un revelador parpadeo fosforescente que se aferraba a la sombra de un dragón que navegaba en el océano eterno con las alas extendidas, su aliento una lanza de luz que anunciaba su camino, su rugido un eco entre los mundos.

2

El tiempo hace girar los mundos. Alice y yo seguimos siendo amigos después de ese primer beso. Nos besamos más veces, pero nunca volvió a ser igual que aquella noche, porque ¿cómo iba a serlo? Nunca nos atrevimos a llamarnos novios. Parecía tentar a la suerte usar palabras así, un lenguaje que podría romper lo que habíamos tenido durante tantos años. La primera vez que fuimos a tomar algo al pub Oly, cuando aún no teníamos edad según las leyes indias pero éramos lo bastante mayores para los indolentes camareros vestidos de kaki, Alice me besó delante de sus amigas del colegio. Ellas chillaron y nos vitorearon como si estuvieran viendo a dos de sus personajes de televisión favoritos liarse por fin, y aporrearon la mesa hasta que los botellines de cerveza y el hígado de pollo frito temblaron sobre ella. Vinieron los camareros, por fin preocupados, y nos pidieron que bajáramos el volumen. Alice y sus amigas habían acabado el colegio unos días antes. Bebimos hasta que el mundo se tambaleó, recorrimos la calle Park de la mano armando un gran barullo y nos dimos el lote en un taxi mientras el taxista nos miraba mal por el espejo retrovisor. Al día siguiente, nos acuclillamos junto a nuestros teléfonos fijos a contarnos todo lo que habíamos vomitado la noche anterior, lo horribles que eran las famosas resacas y cuánto nos echábamos de menos, aunque estábamos a quince minutos. Después lo hicimos todo otra vez, y otra vez, aunque fuimos menos temerarios. Me acostumbré pronto al amargor de la cerveza y a la acidez del whisky que al principio me habían sabido tan mal, un té de distracción si no de olvido, una pátina que confería a cada noche de fiesta con Alice la posibilidad de durar para siempre, de detener el cambio que se acercaba.

Como su hermano Francis, que se había ido a estudiar cocina a Nueva York, Alice había decidido solicitar plaza en varias universidades de Estados Unidos. Parecía inevitable. Algunas de sus amigas ya se habían ido. Alice solo había esperado porque quería quedarse un año después de terminar el colegio a ayudar a sus padres en El Dragón de Cristal y a aprender a cocinar. Ese año se deslizó fuera de nuestro alcance, escurridizo como una anguila.

Alice me lo contó la noche de su primera actuación en el club Princeton, como cantante de un grupo de heavy metal local llamado Raktagolla. Francis había sido guitarrista en la misma banda antes de irse de la ciudad (la guitarra la vendió; Alice había intentando aprender a tocar, pero nunca le cogió el truco). Ya la había oído cantar antes, pero nunca con el grupo. En la penumbra cavernosa del club, color rojo magma, me puse en primera fila para ver a Alice, que cantó con toda su alma envuelta en un caleidoscopio de luces escénicas, las notas agudas cabalgando sobre los gruñidos guturales, los riffs de las guitarras y los aporreos a la batería de resto del grupo, y bajo los focos que iluminaban su adultez visualicé los años que habíamos dejado atrás, a una Alice más joven moviendo la cabeza al ritmo del CD de Slipknot de su hermano encima de la cama, entre edulcoradas baladas de pop. No sabía valorar si Alice era buena, o si lo era la banda, porque para mí ella era perfecta.

Tras los bises, con los tímpanos aún vibrando por el ruido, aplaudí hasta que me dolieron las manos. Hubo algunos hurras y una ronda decente de aplausos en la pista de baile medio llena. Alice, abandonando la confianza de sirena de la actuación, parecía avergonzada, pero se sobrepuso y dio las gracias al resto del grupo y al público.

Me habló de sus planes universitarios después del concierto, mientras cambiaba sus tickets por ron con cocacola para los dos en la barra. La bebida fue una medicina no deseada en mi garganta, la náusea inmediata. La engullí como si no llevara alcohol. Le dije que estaba orgulloso de su decisión, porque sabía que eso era lo que haría un amigo, lo que debía hacer.

—Tú también puedes intentarlo. Ya sé que es poco probable, pero si nos cogieran en la misma universidad, podríamos hasta ir juntos —dijo, con una nota de desesperación en la voz; no necesariamente por llevarme con ella, más bien por evitar hacerme daño con una esperanza que ella misma sabía que era falsa.

En ese momento, su belleza me pareció ajena, cruel, con su barra de labios oscura, su sencilla camiseta negra de tirantes, los vaqueros y el pelo por los hombros.

—No puedo. Ni siquiera acabé el colegio. —Observé el hielo que se fundía en mi ron con cocacola tibio.

—Las redacciones te saldrían genial. Te puedo ayudar, y puedes estudiar para sacarte los SAT. Eres muy inteligente, si te presentas, puedes convencerlos —insistió.

Sacudí la cabeza. Ella ya lo sabía. Lo veía en su rostro.

—No puedo, Tanu —dije simplemente.

No le expliqué que no tenía pasaporte, que dudaba de que me dejaran subir a un avión o cruzar la frontera, que en realidad no existía a ojos de este mundo lleno de muros. Después de todo, era una serpiente de ninguna parte.

—No te preocupes por mí —continué—. Vas a entrar, te vas a ir a América y lo vas a pasar genial. Te los vas a meter en el bolsillo, igual que al público esta noche.

No escuché su suspiro por encima de la música machacona, pero vi cómo dejaba caer los hombros.

—Lo hice fatal —replicó sin entusiasmo, como si no estuviera segura de si tenía talento o no.

Deslicé la mano sobre la barra mojada de mármol negro y la posé sobre la suya. Tenía las uñas cortas y pintadas de un rojo oscuro. Aceptó mi contacto y me sonrió. Aquel año la aceptaron en una universidad normalita de Pensilvania con beca y ayudas económicas. Yo había supuesto que lo lograría, siempre había sido buena estudiante. Sus padres estuvieron encantados de pagar el resto de la matrícula. A su padre le parecía un desperdicio ir hasta allí para especializarse en Literatura Inglesa como pensaba hacer Alice, pero estaba feliz por las oportunidades a las que podía optar su hija. Su madre, que había estudiado Literatura Inglesa en la Universidad de Jadavpur cuando era joven, la animaba de todo corazón.

Aunque Alice apenas pudo comer durante semanas, aterrorizada ante la posibilidad de no conseguir el visado de estudiante tras las infinitas tasas, exámenes, formularios y entrevistas, al final sí que se lo concedieron. Ahora puedo admitir que yo albergaba la esperanza secreta de que no lo hicieran, aunque de aquella nunca lo habría admitido, ni siquiera ante mí mismo.

3

La semana antes de que Alice se fuera, me acerqué al piso de Tiretta Bazar a pasar una última tarde con ella. Abrió la puerta en pantalones cortos de pijama rosas y su querida camiseta de Metallica, que ahora le quedaba mejor, con las letras agrietadas y desgastadas como las lápidas. Tenía la habitación hecha un desastre de hacer la maleta. Sus padres habían salido, su hermano estaba en el extranjero y sus abuelos en su piso, una planta más arriba. Estaba alterada, llena de ira reprimida, aunque se contuvo con cierto esfuerzo y saltó solo unas pocas veces mientras la ayudaba con la maleta. La luz del sol que entraba por el balcón danzaba por la habitación, contraria a nuestro estado de ánimo, arrojada contra las paredes por las aspas del ventilador de techo.

—No, esos no los dobles todavía —dijo—. Tengo una técnica. Solo... —Se paseó por la habitación—. Siéntate un momento. Por favor.

Me senté en la cama. Ella se sentó en la silla de su escritorio, a unos pasos de distancia, atestado de sus viejos álbumes de recortes y anuarios, con las páginas repletas de firmas y mensajes de sus amigos del colegio.

—¿Estás bien? —pregunté, confuso.

Ella sacudió la cabeza un poquito, sin ser una admisión total.

—Este ha sido mi último mes aquí y casi no has venido a verme. No tenías por qué esperar a que te llamase.

—Yo... no quería interponerme para que pudieras pasar tiempo con tu familia. Supuse que estabas ocupada preparándolo todo.

Alice se levantó para dar vueltas por la habitación. Enmarcada en la luz de la puerta del balcón, me miró.

—Ru, ¿qué vas a hacer?

—¿Qué quieres decir?

—Ya lo sabes. Cuando me haya ido. Si no puedes ir a la universidad, ¿entonces qué?

La vergüenza empezó a arder en mi interior, rezumando en forma de sudor. Hacía calor en la habitación a pesar del ventilador.

—Seguiré haciendo lo que he hecho siempre. Vivir, supongo.

Alice resopló con fuerza y se masajeó la frente.

—No puedes quedarte sentado para siempre en esa casa sin hacer nada.

No llegó a acabar de pronunciar «nada», se cortó en seco.

—Yo... me alegro por ti. Ya lo sabes —dije—. Pero no todos podemos ir a estudiar fuera como tú.

—Ya lo sé. No he dicho nada de estudiar. Ya sé que no puedes. ¿Estás enfadado porque me voy a la universidad? Puedes decírmelo, me parece que te estás guardando algo, y eso no es sano.

—¿Por qué quieres que nos peleemos justo ahora?

—Estoy hablando contigo. Intento que hablemos, pero tú te niegas todo el tiempo.

—Vale, está bien. Si de verdad quieres que lo hablemos ahora... Sí, me disgusté cuando me lo dijiste. Me disgustó que eligieras estudiar en el extranjero en vez de aquí, donde tienes amigos.

—A mis amigos del colegio no les importa. Te refieres a ti. A donde estás tú. Reconócelo —dijo ella, y se sentó en el suelo.

Me quedé callado, con el corazón a mil.

—No puedes pretender que yo sea tu única amiga para siempre —continuó Alice—. No es justo. Tienes que salir y hacer cosas. Sin mí. Yo no puedo ser toda tu vida. Ya sé que es difícil porque has estudiado en casa, pero pensé que tendrías algún plan. No importa.

Yo quería que se callara. No me gustaba sentirme resentido con ella.

—A lo mejor escribo un libro. Y me convierto en un escritor fracasado como mi padre.

—Tu padre no es un escritor fracasado —repuso ella, en un tono de voz más suave—. Escribió un buen libro, ¿no? Nosotros lo leímos. Algunas partes. Era bueno.

—Pues vale. Entonces me convertiré en un escritor de éxito al que no lee nadie, como mi padre.

—Yo leeré lo que escribas. Prométeme que lo escribirás, y yo lo leeré —dijo ella, haciendo nudos con los calcetines y lanzándolos en una de las maletas abiertas mientras seguía dando vueltas.

No lo prometí. Ella tampoco pareció darse cuenta, yendo de un lado a otro entre las montañas de sus posesiones sin ningún propósito claro.

—No estaba disgustado contigo. Estaba disgustado con la idea de que te fueras. Tendría que haber venido más a verte este mes. Tienes razón. Pero sabes que estoy orgulloso de ti, ¿no? De verdad que lo estoy. Quiero que seas feliz.

Parecía haberse olvidado de lo que estaba haciendo, no dejaba de juguetear con la goma que tenía en la muñeca.

—Ya lo sé. Olvida lo que he dicho.

—Tanu...

—Soy patética —añadió, cerrando de un golpe la maleta y observando la ropa, libros, ropa interior, CDs y artículos de baño envueltos en plástico que había por todas partes—. Obligarte a ayudarme a hacer la maleta.

Cuando empecé a tranquilizarla y decirle que estaba encantado de hacerlo, se subió a la cama con movimientos felinos para acercarse a mí y me puso la mano en la boca.

—¿Puedo quitarte la ropa? —preguntó, y tragó saliva.

Asentí, y ella apartó la mano y después me quitó la ropa; le temblaban un poco los dedos y el cinturón le dio problemas, pero fue muy delicada al bajarme los pantalones y los calzoncillos. La ayudé a desnudarse, pero fui incapaz de quitarle el sujetador, lo que provocó su sonrisa y que se ocupara ella. Desnudos, bañados en los reflejos de la tarde, nos saboreamos el uno al otro con curiosidad vacilante. Ella estaba salada por el calor de agosto que perduraba en nuestra piel encendida, y su cuello tenía un agradable sabor amargo ahí donde se había puesto una gota de perfume antes de mi llegada, a pesar de la ropa informal que llevaba. Ninguna canción señaló el momento en que nos vimos el uno al otro sin artificios, solo el zumbido del ventilador de techo y el ruido del tráfico de la tarde en la calle. Como no teníamos condones a mano, Alice y yo nos tocamos, tumbados en la cama, rodeados por los desechos de su vida en el extranjero aún por nacer. Ella estaba húmeda, pero yo blando.

—No pasa nada —me dijo, acariciándome el pelo y arañándome suavemente el cuero cabelludo con las uñas, con los ojos brillantes—. Mi princesa. Mi preciosa reina dragón.

Me dio un beso profundo, despacio y con paciencia, hasta que se me puso dura en su mano, mis dedos entre sus piernas. Antes de que ninguno llegara al orgasmo, sonó el timbre y nos pusimos la ropa a toda prisa, nuestros cuerpos febriles por el deseo sin colmar, temblando, riéndonos y aterrorizados, y nos olvidamos por un momento de nuestra inminente despedida gracias al subidón de endorfinas y adrenalina.

—¿Estabais dormidos o qué? —preguntó la tía Chen en la puerta, inocente, ya a punto de abrir con sus llaves.

Tras la llegada de los padres de Alice, avanzamos con la maleta. Cuando la luz del sol se fue desvaneciendo y escuchamos la cadencia de la adhan desde los altavoces de las mezquitas, saqué el regalo de despedida que había embutido en el bolsillo de los vaqueros a la espera del momento adecuado. Era un colgante sencillo: un colmillo negro pulido en un cordel negro.

—Es de mi abuela. Se lo pedí. Le gustó la idea de que lo tuvieras tú. No es algo que se haya usado fuera, en el mundo. Tú deberías hacerlo.

—Es precioso. —Alice observó el colmillo y frotó la punta, roma por el paso del tiempo, que antes hacía sangrar con el mínimo roce. Era curvo y del tamaño de su dedo meñique doblado.

—Es un diente de dragón —dije.

Alice alzó el rostro, sobresaltada. No habíamos hablado demasiado sobre la «cultura» a la que pertenecía mi familia desde la noche de nuestro primer beso.

—Puedes contarles a todos tus nuevos amigos americanos la historia que prefieras. Que es un diente de tigre, o que es obsidiana. O puedes decirles que es de un joven draco. El diente de leche de una serpiente que está creciendo. Mi abuela lo intercambió por cien gotas de su propia sangre, hace mucho, mucho tiempo en un lugar muy lejano. Hay más en casa, mucho más grandes, y también pendientes, hechos de garras y colmillos. Algunos los viste. Pero sé que prefieres cosas más menudas. Ahora tú también puedes ser una reina dragón siempre que quieras. Si quieres.

Alice se apretó el colgante contra el pecho.

—Eh… ahora no me lo voy a poner, ¿vale? No quiero tener que explicarles a mis padres lo que es. —Le falló la voz, y sacudió la cabeza—. Es nuestro secreto. Pero te prometo que me lo voy a poner en el avión, e imaginarme que cabalgo en el lomo de un dragón cuando estemos sobre las nubes. Lo voy a llevar todo el tiempo hasta que lleguemos y allí voy a seguir llevándolo. No lo voy a perder nunca. Gracias.

La tía Chen nos llamó desde la sala para que fuéramos a merendar. Fuimos.

Poco después, Alice me acompañó al portal.

—Te quiero —me dijo, bajo la luz de la farola que había hecho guardia junto a su balcón todos los años en que nos habíamos sentado ahí fuera juntos.

Le dije que yo también la quería.

No me dejó ir con sus padres al aeropuerto Dum Dum la semana siguiente para despedirla. Me quedé despierto hasta tarde, a la espera de la llamada de los Chen para avisarme de que había cruzado la aduana sin problemas y ya estaba en el aire. Así fue como la única amiga verdadera que tenía en todo el mundo zarpó al otro lado del planeta en una bestia metálica que surcaba los cielos.

Quinta parte

1

L uego está el primer vuelo. ¿Cómo habría podido olvidarlo, de no ser por la ayuda del halahala, las lágrimas de dragón, el regalo del olvido? Creo que tenía tres o cuatro años. Una vez más, el patio de nuestra casa se convirtió en la cuna de lo imposible, saturado de luz de luna y de niebla. Esa vez no estaba en brazos de mi madre, sino atado a su espalda con una tela blanca y resistente que relucía como si hubiera sido tejida con las gotas de rocío que flotaban en el aire. Ella estaba envuelta en túnicas holgadas del mismo material, que también le protegía el pelo y el rostro. Esos ropajes estaban cubiertos de arriba abajo por una escritura delicada, las palabras reptaban con cada movimiento. Baba vestía de forma parecida, solo se le veían los ojos, y me susurraba palabras rítmicas de consuelo. Sus pies, como los de maa, estaban vendados con el mismo material que sus ropas, no llevaban zapatos. Yo tenía una gorra de lana gruesa en la cabeza y estaba enrollado en mantas. No sé si llevaba también la misma tela con la caligrafía de encaje que mis padres. Cuando se movían, el material de la ropa parecía casi desaparecer, haciéndome sentir que flotaba en el aire en vez de estar sujeto a la espalda de mi madre. El jardín centelleaba bajo la voluptuosa luz azul, y las plantas y los árboles se movían sin cesar. A

127

la luz de la luna, el árbol enorme del centro del jardín (cuyas ramas llegaban mucho más alto que el tejado) se mecía con algo más que una brisa, con el brillo de una gasa que lo hacía parecer incorpóreo, como la tela de una araña, como los vestidos de mis padres. En la red de sus ramas se movió algo que no había visto en aquel jardín en todos los años en que había jugado allí de noche y de día. Maa trepó por el árbol conmigo a la espalda, baba la siguió, y mi abuela, mis tíos abuelos y mis tías abuelas se quedaron canturreando suavemente desde abajo. Había cuerdas que llevaban a las primeras ramas y que mis padres utilizaban para escalar, con una respiración fuerte y uniforme. Cuando miré hacia arriba, al vertiginoso vientre de ramas, sentí que había un caleidoscopio encima de mí, como si las ramas y las hojas se dividieran en piezas de luz, como si no estuvieran ahí de verdad y fueran una madeja que escondía algo que se movía y vibraba con la canción de mi familia.

Entonces, por un momento, lo vi. Muchas de las hojas y las ramas eran una ilusión pintada sobre alas enormes que se erizaban y aleteaban cuando trepábamos por ellas. La realidad se deslizaba, líquida, sobre las membranas sedosas de la bestia encaramada en lo alto del gran tronco y sus ramas desnudas. La corteza, observé mientras mi madre recorría el tronco, estaba húmeda, respiraba como si estuviera viva. El árbol no era del todo un árbol, y, desde luego, su copa no estaba formada por hojas y ramas. En realidad, era en sí mismo un refugio de rapaces, un nido oculto por las grandes alas y el aliento de su ocupante.

No sé qué me habían dado mis padres para que no me entrara el pánico, pero recuerdo no sentir miedo, solo una aceptación tranquila de lo que estaba viendo. Noté cómo ascendíamos en el cielo nocturno y, cuanto más nos acercábamos a la copa del árbol, más se desvelaba de la criatura jadeante sobre nosotros, enroscada como un músculo bajo la piel de la realidad. Mis padres dejaron las cuerdas atadas a las ramas (o extremidades, o tentáculos) del nido y treparon por el borde con la habilidad que da la práctica, ascendiendo con esfuerzo por las ramas y hojas inexistentes que se erizaban por todas partes. Por fin, llegaron a la cima. A mí me parecía que los familiares del patio estaban kilómetros por debajo, sus voces eran un susurro en la noche. Mis padres se agacharon mucho. Hablaron entre ellos y con lo que estaba bajo nosotros.

La copa del árbol, sus verdes ramas iluminadas por la luna, se escurría como el agua del lomo de la bestia cuando esta extendía las alas. La envergadura de sus alas oscuras ocupaba el patio entero, de tejado a tejado. La vibración de su cuerpo resonante se extendió al cuerpo de mi madre, a sus huesos y su carne. Baba se acercó y abrazó a maa por detrás, así que quedé atrapado en medio de su calor. Una maravillosa sensación de paz descendió sobre mí, como cuando te arropan con la manta en lo más crudo del invierno. Sentí los dedos de baba en los labios, poniéndome una especie de masa dulce en la boca.

—Babushona, mastica esto, no lo tragues; notarás algo raro en los oídos, pero masticar ayuda —dijo.

Entendí lo suficiente para masticar. Sentí la presión cuando él nos abrazó fuerte a maa y a mí. Mi madre habló más alto en nuestro idioma de fuego. Mientras examinaba las pendientes irisadas de las alas a ambos lados de nosotros, el mundo se ladeó. No sé cómo nos mantuvimos en nuestra cuadriga, pero lo logramos. Me explotaron burbujas de aire en las orejas y me empezó a doler la cabeza. Se me subió el corazón a la garganta y mi peso se desplazó de mi cuerpo al de mi padre, haciéndome sentir ingrávido. La goma que tenía en la boca era tan pegajosa que se me pegaba a los dientes, de lo contrario podría habérmela tragado por accidente. Tras la quietud brumosa del patio, entramos en una tormenta de viento que me rugía en los oídos a través del gorro de lana, una explosión invernal de aire helado que aullaba al atravesarnos. Cuando todavía notaba a mis padres temblar, el aire cambió y se caldeó; un calor que venía de debajo drenaba el frío del viento que nos golpeaba. Con los ojos entornados, atisbé la luna, las estrellas y el cielo, y me sentí flotar entre mi madre y mi padre. No había suelo, solo las alas extendidas que se deslizaban dentro y fuera de la realidad, el vapor que emanaba de sus membranas, que se habían vuelto del azul profundo del cielo nocturno, las estrellas que caían como granizo entre los planos. Yo flotaba mientras ascendíamos, a tal velocidad que el viento se transformó en un huracán, no había nada más que su rugido en nuestros oídos y contra nuestros cuerpos, y todo se inclinó de nuevo.

Bajo nosotros, bajo los enormes filos vivientes de las alas, Calcuta era un espejo ahumado que reflejaba las estrellas, y las farolas, las ventanas y los coches dibujaban un mapa de luz a lo largo de la Tierra, más oscura que el cielo. Muy por encima de nosotros, vi otra bestia que nos acompañaba en la misma dirección, hecha de metal y de luz, que rugía entre nubes púrpuras. La bestia que teníamos debajo era silenciosa, a excepción de las vibraciones que hacían que todo resonara y que la Tierra temblara ante mis ojos. Solo era capaz de escuchar el sonido del aire al golpear las alas de la criatura, que apenas se movían, con el vapor corriendo por sus crestas hasta envolverlas en serpentinas de nube. Las luces de Calcuta menguaron más y más, hasta que la luna dibujó una serpiente de plata en las aguas del río Hooghly, adornada con el collar de luces y metal del puente Howrah. Las nubes se hinchaban como la espuma del océano, frías y húmedas. Comprendí que el temblor de mis padres ahora se debía a la risa. Maa aulló en el viento, consciente de que su voz era diminuta contra la curva de un mundo entero.

De alguna manera, nadie nos vio. Si lo hicieron, vieron un murciélago que rozaba la luna. Porque los dragones no son reales. Las luces de la ciudad cayeron en cascada, luciérnagas en nuestra estela. Las estrellas eran más brillantes, la luna estaba al alcance de la mano.

Ahí estábamos, con el cielo por encima y por debajo de nosotros.

2

El recuerdo de mi abuela en el jardín, ocupándose del arbusto de sus rosas aladas de Bengala: debía tratarse de nuestro patio, a no ser que haya otros jardines con árboles similares que yo hubiera visitado, otros de los nuestros en algún otro lugar de la India. El arbusto se transformó, quizás, en el gran árbol del centro de nuestro jardín; el árbol que en realidad nunca había sido un árbol, sino más bien un ombligo y un nido. Tengo grabada la imagen de esas rosas de Bengala madurando mientras el arbusto se hacía más alto y ellas más grandes, sus alas de pétalos se secaban y expandían al sol mientras el árbol absorbía la energía de la tierra, del mundo y de sus muchos sueños sobre dragones. Las serpientes se comían su propia cola cuando llegaba el momento de cerrar ese círculo, royendo con las incipientes espinas de sus dientes los tallos que las unían a las ramas de su árbol del mundo. La savia de su sangre rezumaba por las ramas y el tronco, y humedecía la tierra del jardín. En el cuadrado de cielo que se veía sobre el patio, los murciélagos aleteaban en el crepúsculo cada noche. Presas y compañeros. Tengo grabada la imagen del gran árbol en llamas cuando sus lenguas de fuego crecieron y se alargaron, el humo y las chispas se elevaban hacia el cielo junto al calor anillado de todas las hogueras que destellaban en los tejados de Calcuta en invierno, de todas las fiestas de Navidad y Año

Nuevo. Mi familia cantaba y aporreaba tambores hechos con membranas de alas. El árbol se sacudía y se retorcía cuando sus habitantes se enfrentaban en duelos cariñosos, usando sus afiladas mandíbulas y su fuego; luchaban para disminuir su número al comprender la imposibilidad de su existencia en este mundo pequeño y duro de sueños contaminados. Uno de ellos, bañado en sangre, creció hasta convertirse en el más grande, alimentándose de los sueños de todas las personas de nuestra casa, de Bowbazar, de Calcuta, hasta convertirse en una reina sobre su nido, envuelta en espejismos.

¿Cuánto halahala corre por mis venas, mezclado por las serpientes de nuestro garaje? ¿Cuánto olvido he bebido por orden de mis padres, para protegerme de la imposibilidad de nuestra existencia?

3

En el jardín, bajo el árbol, vi a mi abuela desvanecerse en el aire como si estuviera mirando su reflejo en el cristal de una ventana. Su sombra parpadeaba, parecía que su cuerpo no captaba la luz de la tarde que caía sobre él. Caminé hacia ella con pasos vacilantes, casi esperando chocar contra un cristal salido de la nada, y le toqué el hombro, sobresaltándola. Me alivió encontrarla tan sólida como siempre. Vi la hierba aplastada bajo sus sandalias chappal, las venas de talco casi invisibles en las arrugas de su piel, las trencitas plateadas que caían como cuerdas por su espalda y el negro tinta de sus ojos, de una oscuridad maravillosa, cuando me miró. Parecía sorprendida y tenía la mirada vidriosa.

—Babu, vaya —dijo—. Creí que eras... tu abuelo. Te pareces tanto a elle.

—Didima, ¿estás bien?

—Yo... por un momento, me pareció que me había ido. Lo viste, ¿no?

—No lo vi. No lo veo. No lo sé.

—Lo viste. Me estoy desvaneciendo, igual que tu abuelo. Por eso pensé en elle cuando vi tu rostro.

—Pero tú estás bien. Estás bien, estás sana.

—Puf, mis rodillas no opinan lo mismo. Ven —me dijo, y caminó conmigo hasta las galerías que rodeaban el patio para sentarse con un resoplido en una de las sillas orientada al jardín. Cayó una repentina cortina de nubes sobre el patio y la luz del sol se volvió imprecisa. Me senté en la silla de al lado—. Soy muy vieja, babu. No pongas esa cara de preocupación. Es inevitable.

—No te estás desvaneciendo. Eso no pasa. Me niego a creerlo.

Didima sonrió y se alisó la túnica, que centelleaba y, con el cambio de luz, había pasado de ser blanca a ser de un azul como la tinta, brillante.

—Las creencias son una serpiente que se come la cola para siempre, sabiendo que su cola no es infinita. —Cerró los ojos y agarró los brazos de la silla de madera—. Oh. No hay forma de evitarlo. Existir puede llegar a ser un incordio, ¿eh? —Rio—. Oye, no estés tan triste. —Tomó aliento y me miró—. Cuéntame algo bonito, rápido. Dime qué tal está tu amiga, la que se fue al extranjero. Tanu. ¿Cómo le va?

—Deberíamos hablar de lo que te está pasando…

—Es sencillo. Me estoy desvaneciendo. Conversar me ayuda a seguir aquí. Así que habla.

Sacudí la cabeza, secándome los ojos y sujetándole la mano. Me dio un apretón.

—Alice está bien. Le va bien.

—Ya nunca hablas de ella. ¿Se echó un novio de allí o qué pasó?

Sonreí, aunque apenas me sentía capaz en ese momento.

—Pues sí, pero lo dejaron. Ahora tiene una novia. La conoció en el grupo de heavy metal en el que tocan, en la universidad.

—Ah. Ya veo.

—No se lo ha contado a su familia. No sabe cuándo lo hará, ni si lo hará. Así que de eso ni pío, didima.

—Bah. Ya me conoces, la cotilla del barrio. Si apenas entiendo lo que pasa fuera de estas paredes hoy en día. Como ¿qué es un grupo de heavy metal?

—Es una banda que toca un tipo de música muy ruidosa. Te habíamos hablado de ella antes. A mí no me gusta tanto, pero a ella y a su hermano siempre les encantó. El grupo es bastante bueno. Alice siempre fue una gran cantante.

—Mm. Estabais tan unidos... ¿Es por eso por lo que ya nunca la mencionas? ¿Por su novia que toca heavy metal?

—Me alegro por ella. No hay nada que contar. Está viviendo su vida.

—Ah, ya, ya. Está bien. La gente joven siendo como ellos quieren, tanto si el mundo lo acepta como si no. —Me miró—. La echas mucho de menos. Me doy cuenta.

No lo negué, ni dije nada.

—Pero ella sigue aquí, en este mundo, igual que tú. Eso es un consuelo. ¿Te sigue escribiendo?

—A veces sí. Por e-mail. Me manda fotos digitales. Un montón de fotos de ella cocinando para sus amigos en su residencia. Parece feliz.

Alice me había creado una cuenta de correo electrónico antes de irse. Aunque ya no nos escribíamos con tanta frecuencia, yo lo revisaba en algún cibercafé todas las semanas, por si acaso.

—No entiendo todas esas cosas: digital, e-mail, cíber.

Pero si te ayuda a seguir en contacto, sigue usándolas. Es una chica estupenda. ¿Sigue usando el colgante que le diste?

—Le encantó, didima. Seguro que sí.

—Muy bien, muy bien. Ese colgante llevaba sin estar en el cielo mucho tiempo.

—Viniste volando hasta aquí, igual que ella voló a América, ¿verdad?

Parecía pensativa, somnolienta, mientras miraba hacia el jardín, hacia el árbol que se elevaba por encima de lo que alcanzaba la vista.

—Sí, vinimos volando.

—Antes de que hubiera aviones —dije.

Ella se rio entre dientes.

—No hace falta que me recuerdes lo vieja que soy. Pero sí, antes. —Me miró con expresión seria—. Debes dejar de beber el halahala. Es hora.

—¿Por qué?

—Ya sabes por qué. Ya no funciona de verdad. No te hace ningún bien.

—Maa y baba no...

—Bah. Te lo dan por costumbre. Saben que ya no tiene sentido, no dirán nada. —Didima suspiró—. Yo siempre estuve en contra. Pero... no te enfades demasiado con tus padres, babu. Han cometido errores, ya lo sé, yo también. Tus padres tuvieron mucho miedo cuando te tuvieron. Justo ahí, debajo de ese árbol. —Señaló al jardín. Una brisa hizo murmurar la hierba a pesar de que el jardín estaba rodeado por la casa, y las hojas exteriores del árbol llenaron el patio de susurros—. Saliste de tu madre y caíste en mis manos, atraído por la gravedad de este mundo, con el suelo debajo de ti. Tu cuerpo eligió este lugar. Fuiste concebido aquí. No como nosotros. Tu maa y tu baba querían respetarlo. Que esta realidad fuera segura para ti. Aunque no supieran lo que hacían.

—Un momento. ¿Quieres decir que mis padres tampoco nacieron aquí?

Didima se colocó las manos sobre el amplio vientre.

—Llevé a tu madre dentro de mí mientras cruzábamos realidades. Nació en nuestro largo viaje hasta aquí, las dos a lomos de la serpiente. Tu baba… era pequeño cuando vivíamos en el lugar del que venimos. Perdió a sus padres pronto. El clan se encargó de él y lo criamos todos juntos. A su madre la asesinaron durante la violencia que se desató cuando partimos. Era una gran guerrera, una dragonera excepcional. A su padre lo perdimos aquí… Algunos no tenían voluntad suficiente para vivir en este mundo. —Mi abuela hizo una pausa—. Lo de mi amor fue igual. Echaba demasiado de menos nuestro hogar y, bueno… se desvaneció. Tus padres han crecido en este mundo, pero no pertenecen a él. Para cuando llegamos a esta ciudad, ya los unía un cariño mutuo, eran jóvenes y orgullosos miembros del clan, y fundaron esta casa para que fuera un nido de dragón.

—¿Cuando se construyó esta casa? Pero, entonces…

—Tienen mucha más edad de lo que parece, sí. Todos la tenemos, excepto tú. Nuestra gente es una con la serpiente imposible. Ella nos enseña cómo nadar de otra manera a través del espacio y del tiempo. Nosotros también somos imposibles, como la serpiente, al menos en parte. Aquí lo olvidamos.

—Dijiste que mis abuelos echaban de menos su hogar y se desvanecieron. ¿Tú también lo echas de menos? ¿Es ese el motivo...? —pregunté, con un nudo en la garganta.

El jardín vaciló cuando un rayo saeteó las nubes en las alturas. No hubo lluvia. Didima habló en el lenguaje del fuego.

—Deja que te cuente algo sobre los clanes de jinetes de dragón de Calcuta. Cuando nos instalamos aquí, nuestra gente dejó de tener hijos. Fue nuestra decisión. Después de todo, vivimos mucho tiempo, y criar hijos entre mundos mientras nos escondíamos a plena vista de una realidad que no nos aceptaba nos parecía un mal augurio. Fue un sacrificio comunitario para la serpiente... entregamos nuestros sueños de una nueva generación para que el sueño de volver algún día a nuestro mundo natal pudiera seguir vivo.

»No te esperábamos. A algunos no les gustó la decisión de tus padres. Otros lo vieron como una nueva promesa. Hubo quienes dejaron de frecuentar el Club de Dragoneros, porque consideraban que esta casa traía mala suerte. Entre los que vivían aquí, algunos se fueron para labrarse su propio camino. Otros mantuvimos el club vivo, y nuestras vidas continuaron. No conozco ninguna otra persona que haya nacido en esta comunidad, en esta ciudad, pero ¿quién sabe? El tiempo fluye de forma distinta aquí. Nos alcanzó, y nuestras vidas longevas empezaron a titilar. No sé cómo les ha ido a otros clanes en esta ciudad, o en este país, o en este mundo. Pero todos los que vivieron en esta casa en algún momento se desvanecieron de esta realidad. Sé que guardas algunos recuerdos de ellos, tus tíos y tus tías. Tus padres y yo resistimos más tiempo que todos ellos. Te teníamos a ti, teníamos que cuidarte. Puedes interpretarlo como quieras.

»Así que, sí, echo de menos el hogar en el que nací, en las orillas lejanas de otra realidad. Pero este es el mundo en el que vi a mi nieto crecer y transformarse en una persona maravillosa. Solo por eso me siento agradecida de estar en la Tierra. Ya he vivido mucho más de lo que este mundo permite. Tú estás aquí y me recordarás. Eso es lo único que importa.

No dije nada, porque no había nada que decir. No podía hablar. Un viento fresco hacía bailar las hojas en el aire, sobre el patio. Las empujó hacia el porche, susurrando contra el suelo de piedra. Sonó un trueno lejano.

Didima alargó la mano hasta mi rostro y me acarició la mejilla.

—Mi babu. Tan dulce. Siente las cosas con todo tu corazón, te enraizará en la Tierra.

Ahora lo recuerdo todo porque mi familia se ha ido.

La casa está vacía. El Club de Dragoneros de Bowbazar está cerrado, sobre sus mesas solo queda polvo y luz. Los acuarios del garaje están vacíos, los rincones invadidos por el musgo. El Bar Restaurante El Dragón de Cristal sigue en marcha, pero siempre ha tenido una barrera que lo protegía de la naturaleza voluble del nido que lo rodeaba. Aun así, ahora mismo está cerrado y silencioso, a la espera de ser reformado pronto bajo el mando de Francis Chen.

Baba escribía, así que yo también lo hago. Tantos años de aprendizaje en esta casa, de comerme mi propia cola. Un estudiante del mundo que no forma parte de él. Me siento como si viviera dentro de un huevo, a la espera de que alguien golpee la cáscara.

4

Un recuerdo: mis padres, envueltos en su ropa de montar, palpitaban dentro y fuera de la realidad bajo otro cielo de invierno. Maa me abrazaba, como no hace nunca. Lloraba, como no hace nunca, como no lo hizo ni cuando su madre dejó de existir un año antes. Baba me abrazó también, y quedé atrapado entre los dos, entre dos recuerdos.

—¿Podrás perdonarnos algún día? —me preguntó maa, con el rostro cubierto de tatuajes ensortijados.

La tinta parecía fresca por culpa de las lágrimas. Mi padre apartó la vista, incapaz de mirarme a los ojos.

No sé si yo lo hice de verdad, si de verdad fui capaz.

—No hay nada que perdonar, maa. Hicisteis lo que pensabais que era correcto, para protegerme.

El rostro de maa se contrajo, y sentí como si mi corazón hubiera dejado de existir, igual que ellos.

—Mi bebé —dijo, ahogando un sollozo que casi dejó escapar, con la mandíbula apretada como en los viejos tiempos—. Se está volviendo imposible...

—Existir —terminé yo, asintiendo. Llevaban meses desvaneciéndose. Sin la ayuda de los pañuelos de seda de dragón o de la ropa de montar, a veces sus cuerpos tamizaban la luz, eran reflejos de sí mismos en una hoja de cristal—. Lo entiendo. Entiendo quiénes son los míos. Entiendo por qué me lo ocultasteis.

—Si hubiera algún otro camino, lo tomaríamos —añadió maa—. Una reina necesita al clan, somos un cuerpo. Ahora que todos se han ido, y especialmente después de la partida de tu abuela, le resulta muy difícil. Ya no puede prestarnos su poder por más tiempo para que sigamos siendo reales aquí. Anhela volver a su hogar y nos llama en nuestros sueños. Podamos o no encontrar el camino de vuelta, aunque no sepamos si es un lugar seguro, debemos intentarlo, o desvanecernos como todos los demás.

—Por favor —dijo baba. Me miraba, aunque sus ojos seguían sin encontrarse con los míos—. Ven con nosotros.

—Sabes que no puedo. Estoy demasiado unido a este mundo.

Maa me colocó una mano en el pecho.

—Si hubiéramos sabido que esto iba a ocurrir, habríamos hecho las cosas de otra manera. Pensábamos que podríamos darte una vida aquí, en este mundo atestado, protegerte de la imposibilidad de tu identidad. Pero siempre volvías a recordar. —Se aferró a mi jersey. Su rostro adquirió una expresión estoica familiar—. No hay nada de lo que me arrepienta más en esta vida, o en ninguna otra. Pensábamos que te estábamos protegiendo de... esto. De desvanecerte.

Baba sacudió la cabeza.

—Que venga con nosotros, probemos si...

—Montar en una reina y atravesar la estela de las realidades sin experiencia podría matarlo. Si hubiéramos permitido que se formara el vínculo... A nosotros nos protege, pero puede que a él no. No me pidas que corramos ese riesgo. No se lo pidas a él. La serpiente está debilitada por la pérdida de nuestro clan, por los sueños contaminados de este mundo que se despedaza a sí mismo. Puede que ni siquiera encontremos el camino de regreso a casa.

—No digas eso. —Sostuve la mano de maa, que estaba helada—. Si no podéis encontrar el camino a casa, encontraréis un lugar, un lugar como fue en algún momento la Tierra, en el que la serpiente imposible pueda volar libre en el cielo y en la tierra, en el que los árboles del mundo crezcan más alto que el tejado de esta casa y rocen las nubes de nuevo. Donde podréis volver a ser jinetes de dragón. Pero encontraréis vuestro hogar. Lo sé. Quiere regresar, hasta yo puedo sentirlo. Encontrará la manera.

—Siempre recordó más de lo que nunca imaginamos —comentó baba, intentando sonreír.

Mi madre cerró los ojos y sacudió la cabeza.

—No. No. No. Tu padre tiene razón. Esto no está bien. ¿Y si estamos cometiendo otro terrible error como el que cometimos al no enseñarte? Ven con nosotros. Si podemos...

—Maa —la interrumpí. Ella guardó silencio—. Confío en vosotros. Es difícil, tras todos estos años. Pero confío. Baba y tú sois jinetes de dragón, siempre lo habéis sido. Lo sé, sé que sabéis que yo no podría sobrevivir. Así no. Marchad en paz. Confío en vosotros. Confío en que encontraréis nuestro hogar.

Ella me apretó el hombro con fuerza.

—No abandones la casa. Es un nido de dragón, su estructura resistirá durante mucho más tiempo. No dudes de su existencia, no intentes venderla ni volverla más de este mundo, o el espejismo podría derrumbarse por completo. En la vida que construimos, todo está conectado a este lugar. El dinero que nos pagan los Chen, los ahorros que usamos y fingimos que tienen valor, como cree el resto de la gente de este planeta. También eso está unido a este nido que tejieron los dragones. Tienes que mantener la fe, o los ojos clarividentes de los imperios de este mundo descubrirán que los Chen en realidad no le pagan a nadie que aparezca recogido en sus libros y registros de quien es real.

—Lo intentaré, maa.

—Este lugar es tu derecho de nacimiento, tu herencia. Será duro para ti, te hemos dejado entre mundos. Pero este es tu hogar y te mantendrá a salvo. Con un poco de suerte, le queda más vida dentro de lo que pensamos. Observa lo que crece aquí y préstale atención. Deja que siga siendo auténtico. ¿Lo comprendes?

—Me encargaré de ello. Lo prometo.

Mi padre temblaba, sumido en un dolor silencioso. No podía soportar verlo así y lo atraje hacia mí por el brazo.

—Escribiré un libro, baba. Como tú. Para recordaros a los dos, para recordar a los nuestros.

Asintió, sin aliento, y esa vez consiguió sonreír.

—Babu, volveremos a buscarte si podemos. Nos parecemos más a ti de lo que crees. La serpiente posee los recuerdos de nuestro clan, y nosotros también poseemos ese conocimiento por ser parte de ella. Pero no tenemos recuerdos propios de nuestro hogar. No sabemos con qué nos encontraremos, si seremos bien recibidos. Quizás algún día... quizás podamos volver, si la serpiente lo permite.

—O puede que sea yo quien logre encontrar el camino hasta allí.

—Todo esto es imposible. Por qué no una cosa más —dijo maa con suavidad—. Nuestra separación es un sacrificio que mantendrá vivo el sueño de nuestro reencuentro.

Mi madre observó el árbol del mundo sobre nosotros, tan alto y aun así atrofiado, al que no se le permitía elevarse por encima del techo del cielo.

—Naciste aquí mismo —señaló.

—Bajo las alas de una serpiente imposible —contesté yo.

La copa del árbol del mundo se enrolló y retorció, y la realidad se deformó con el temblor de sus alas. La serpiente flexionó su piel de espejismo, con la cola enroscada en una espiral eterna alrededor del tronco de su nido. Cuatro flores fractales hechas de luz de estrellas bailaron sobre nosotros, entre las llamas, y una herida serrada apareció en la realidad como unas fauces que se abren. Fue la primera vez que vi los ojos de la reina. No pude contener las lágrimas. Las manos de maa apretaron las mías. Baba se adelantó y me besó en la mejilla, rozándome con su barba, que ya blanqueaba.

—Lo sentimos, Ru —dijo mi madre. Pronunció mi nombre en la lengua de fuego, el que me habían puesto bajo la serpiente que observó mi nacimiento—. Existe como nunca te permitimos existir.

Después, se cubrió el rostro con la máscara de montar, igual que mi padre. Se despidieron con la mano, en silencio.

El cuadradito de cielo que se veía sobre el patio quedó eclipsado por unas alas enormes que desgarraban la realidad y por una cola que trazaba un mapa de vellos erizados entre las estrellas, como un látigo curvo. Después, no quedó nada más que el árbol desnudo en el patio, esquilado y sin hojas, que de pronto parecía más pequeño y más bajo. Retumbó un trueno, aunque apenas había unas pocas nubes que manchaban la luna. La estela abrasadora de una estrella fugaz iluminó la noche, pero partió del horizonte hacia el vacío, una luz que abandonaba el mundo.

Entré en mi casa vacía y observé la última taza de té del olvido que mis padres me habían preparado. Me dejaron muchas botellas. Es demasiado suave, diluido, inútil. Es para el dolor. No lo bebo.

Sexta parte

Este libro no es como el que escribió baba. Pero es un comienzo. Lo escribo para mi familia. Lo escribo para mi gente. Hay más clanes ahí fuera, y si no los hay, es un sueño que debo mantener vivo. Lo escribo para ti, para los otros que conoceré siendo humano en este mundo abandonado, que no saben nada de la verdadera imposibilidad. Ahora que los míos se han ido, con su dominio de las ilusiones, ¿desaparecerá esta casa al completo si la abandono para adentrarme en el resto del mundo? ¿Cuán endeble es esta historia que han tejido a mi alrededor, alrededor de su hijo terrestre? Lo descubriré, en algún momento. Se lo prometí a mi madre, y a mi padre, y a mi abuela. Debo tener fe.

O

Siento haberte hecho venir tan pronto. Es el mejor momento para lo que quiero enseñarte —le digo a Alice, guiándola al interior de la casa que no ha visitado en años, pero en la que solía pasar tanto tiempo hace media vida.

—No pasa nada —ríe ella—. El jet lag hizo que me levantara al amanecer, y en realidad me gusta darme el paseo hasta aquí tan pronto. Todo está tranquilo y vacío, solo hay perretes y comerciantes. ¿No hay un abrazo para mí después de tanto tiempo?

Nos damos un abrazo breve y educado. Alice parece cansada después de haber cruzado el mundo en avión hace un día, de despedirse de sus amigos y amantes y del lugar que ha considerado su casa durante cuatro años. Su intención es solicitar una beca para licenciados en el extranjero para hacer un máster en Literatura Inglesa, pero de momento está aquí, ha vuelto para ayudar a su familia con el restaurante una vez más. Nos hemos visto en algunas ocasiones a lo largo de los años, en sus infrecuentes visitas a casa, normalmente junto a sus amigos del colegio. He ido descubriendo retazos de esos cambios, que se funden con mis recuerdos de ella: el pequeño tatuaje de una serpiente alada en el interior de su muñeca izquierda, el brillo azul de su corte bob. Lleva su vieja camiseta de Slipknot debajo de una chaqueta a medio abrochar. Sobre las letras desgastadas de la camiseta, en el pecho, reposa un único colmillo negro, el antiguo cordón sustituido por una fina cadena metálica. Se da cuenta de que lo estoy mirando.

—No lo perdí —dice.

—Gracias. Por cuidarlo. Ojalá didima pudiera ver que lo llevas.

—Ojalá —asiente ella. Me escribió un correo electrónico muy largo cuando le conté que mi abuela había muerto y se ofreció a llamarme. Le dije que no. Me sigue hasta el patio—. Entonces… ¿estás bien? —pregunta, titubeante—. Sonabas… un poco raro al teléfono.

—Lo estoy. Solo quiero enseñarte algo que he encontrado en casa. Algo que ha ocurrido y que… no creí que fuera a ocurrir. Creo de verdad que te gustaría verlo. Espero no equivocarme —explico.

Caminamos sobre la hierba del jardín, pálida y seca por culpa del frío del invierno. En la mañana, bajo la luz dorada que se derrama en el abismo vacío del patio, me coloco de pie bajo el debilitado árbol del mundo.

—Dios, la casa parece tan enorme ahora que no hay nadie más aquí —comenta Alice mientras mira a su alrededor; su voz reverbera en las paredes que se alzan sobre nosotros y en las galerías concéntricas que se elevan hacia el cielo—. Por cierto, ¿qué tal les va a tus padres en Assam?

—Tanu —respondo, y me acerco al tronco del árbol.

Pellizco la nada frente a mí, recorro con los dedos mi cuerpo, del cuello a los pies, y pongo el aire del revés. Mis vaqueros y mi camiseta ondean y desaparecen para revelar la túnica de seda de dragón que llevo puesta, una que pertenecía a mi madre. La escritura en la lengua de fuego que la cubre se retuerce, viva y reluciente, sobre mi cuerpo, obedeciendo su función de mantener la ilusión.

—Pero qué... ¡Joder! —suelta Alice, con los ojos abiertos de par en par.

Separo el velo de rostro invisible que llevo puesto y me dejo caer el pelo. Lo que parecía una melena hasta los hombros desciende como un torrente por mi espalda hasta que me llega por la cintura. En la oreja llevo un diente de dragón curvo, elongándome el lóbulo por el peso, anclado a un agujero que me hizo mi madre antes de irse.

—No es ningún truco de magia —le digo a Alice con suavidad—. Es nuestro traje tradicional. —Pronuncio el nombre del traje en el lenguaje de fuego—. Mi madre me enseñó cómo usarlo antes de irse. Puede reescribir lo que ve la gente sobre él, si se comprende y se usa adecuadamente. Me enseñó todas las palabras que brillan en su tela. Mis padres no se mudaron a Assam, Alice. Tuvieron que abandonar el mundo. Para regresar a su hogar, ahí fuera.

Veo la comprensión en el rostro de Alice, los años de olvidar el encuentro que tuvo con lo imposible en esta casa evaporándose con el impacto de verlo en mi cuerpo, claro como una mañana de invierno.

—Ay, joder —dice en voz baja. Sus ojos recorren a toda velocidad las palabras que brillan y se mueven en la tela, la manera en que los pliegues casi se desvanecen, en que dejan pasar la luz a través de mí, las astillas de invisibilidad que recorren la forma de mi existencia—. Dios mío. Esta ropa aparece en el libro de tu padre. Es... real. No me lo puedo creer.

—Sí puedes. Vi que querías creerlo entonces, hace tantos años.

Le ofrezco mi mano abierta. Ella no la coge.

—Tus padres... ¿se han ido? ¿Estás totalmente solo?

—Pertenezco demasiado a la Tierra. No podían llevarme con ellos. Pero hicimos las paces antes de que se fueran. Estoy aquí para recordarlos. Me enseñaron mucho más antes de irse que durante el resto de mi vida. Como mi nombre.

Le digo a Alice mi verdadero nombre, el que me pusieron bajo la serpiente imposible, en un idioma de otra realidad.

Alice da un paso atrás y sacude la cabeza.

—¿Eres...? —Traga saliva—. ¿Esto es real?

Lo pregunta con una sinceridad desgarradora.

Me arrodillo ante ella e inclino la cabeza, dejando que mi pelo toque la hierba.

—Alice, eres mi amiga. Eres la única persona de la Tierra, la única de fuera del clan, que me ha conocido de verdad. Te juro por la serpiente imposible, por el océano celeste, por el honor de mi clan, que no hay engaño ni malicia en esto. Estás a salvo, te lo prometo.

Mantengo la cabeza inclinada; el silencio se llena con los graznidos de los cuervos posados en los pasamanos de la galería.

No levanto la cabeza. Escucho el sonido de sus zapatillas contra la tierra. Siento sus dedos sobre mi pelo.

—Ru. Levántate, por favor. —Lo hago; sus manos bajan por mi rostro y por mi pelo—. Lo siento... tu nombre...

—Ru también está bien.

—Quiero decir tu otro nombre. Solo necesito... practicar.

—Puedo enseñarte, si quieres. Hay tiempo.

Me mira, pálida.

—Esto queda precioso sobre ti. Pareces... tú. Eres tan bello —dice con voz entrecortada.

—Tú también —respondo, y se echa a reír.

—Pero si voy vestida como si me acabara de caer de la cama. Para el caso, igual estoy acostada todavía. Es una estupidez decir que me parece que estoy soñando, como un personaje de película, pero... No puedo...

Se detiene antes de decir «creerlo».

—Tengo tanto que enseñarte —le digo—. Si quieres verlo. Es exclusivamente decisión tuya. Tu vida en esta realidad cambiará para siempre si eliges ver, si eliges creer. Si es demasiado, lo entenderé. Solo dímelo, hay una manera de olvidar. Solo tendrás que beber una taza de un té asqueroso, y me cambiaré de ropa, e iremos a tomar un desayuno chino temprano a Tiretta Bazar y será como si esto nunca hubiera ocurrido. ¿De acuerdo?

Ella asiente, y parece aterrorizada, y tranquila, ya no se la ve cansada.

—Tenemos que trepar por el árbol.

Bajo las hojas, toco el aire entre nosotros y lo jalo. Una cuerda de luz tiembla y se define en una cuerda sedosa e iridiscente que planea en el límite de la realidad, como mi ropa.

—Agárrate aquí, no se romperá. Tampoco lo harán las ramas del árbol. Será más fácil si te descalzas.

Alice deja las zapatillas y los calcetines en la hierba y sube detrás de mí por el tronco, agarrada a la cuerda, que sentimos tensa y pegajosa en las manos. Los dedos de nuestros pies se enroscan en la corteza, que resbala y a la vez está cubierta por un vello suave que se pega a nuestra piel y nos proporciona apoyo mientras escalamos. Escucho los jadeos de Alice detrás de mí. Trepamos juntos hasta llegar a las ramas húmedas de rocío, un universo fractal de rayos de luz que no cesan nos rodea. Ayudo a Alice a subir al nido del árbol, que reluce con el calor de la luz creciente de la mañana. Sus mejillas, más rellenas tras años de comida americana, están sonrosadas y su rostro, húmedo.

—Uff, madre mía, demasiado ejercicio demasiado pronto —resopla cuando la sujeto del brazo.

Por un momento, todo lo imposible se desvanece y bien podríamos ser niños jugando, aunque nunca habíamos escalado el árbol de adolescentes. El colmillo de dragón se sacude en su cuello. Se ovilla a mi lado, nuestras caderas y nuestros brazos se tocan. Cuando recupera el aliento, con los pies desnudos posados en la corteza junto a los míos, lo imposible regresa, y Alice enmudece. En el mundo de la copa del árbol, el día que comienza está atrapado, pesado y cálido, a nuestras espaldas, y las llamas nos rodean.

Cojo lo que parece una flor grande, o la cápsula de una semilla, o una fruta, de la rama que tenemos encima y la acerco hacia nosotros con suavidad. Acunándola, separo los grandes pétalos marrones de la cápsula con las manos. Alice se crispa por instinto, su cuerpo se tensa junto a mí.

—No pasa nada —susurro—. No nos hará daño.

Separo las delicadas alas marrones para revelar el cuerpo menudo, las seis extremidades que abrazan con fuerza su torso con la fragilidad de un insecto, su cabeza afilada y espinosa como los pistilos de una flor, el cuello curvado cubierto por una melena de pelo blanco que parece salpicada de rocío, como los delicados filamentos de una semilla de diente de león. Las gemas de sus ojos quedan para nuestra imaginación, porque están cerrados, sumidos en el sueño profundo en el que se encuentra.

—Es un dragón —dice Alice, con las lágrimas resbalando por su rostro.

Hombro con hombro, somos inevitablemente un espejo; mis propias lágrimas resbalan por mi barbilla y destellan en la luz del sol como el colmillo de su pecho.

—Sí que lo es —respondo con una carcajada.

Recuerdos de Calcuta
(1982-2001)

CALCUTTA

Published under the Superintendence of the Society for the
Diffusion of Useful Knowledge.

Scale of ½ Mile.

Un huevo de dragón.
La abuela (1989)

La seguí fielmente a la estación.....
con la vista fija en su cola de caballo danzarina y su
mochila rosa fucsia, que contrastaba con la camiseta
negra y holgada de Metallica que llevaba.

Visita al templo con Alice
primavera de 1998

Nuestro apellido es George porque
San Jorge mató un dragón.

El salón del té.
(1993)

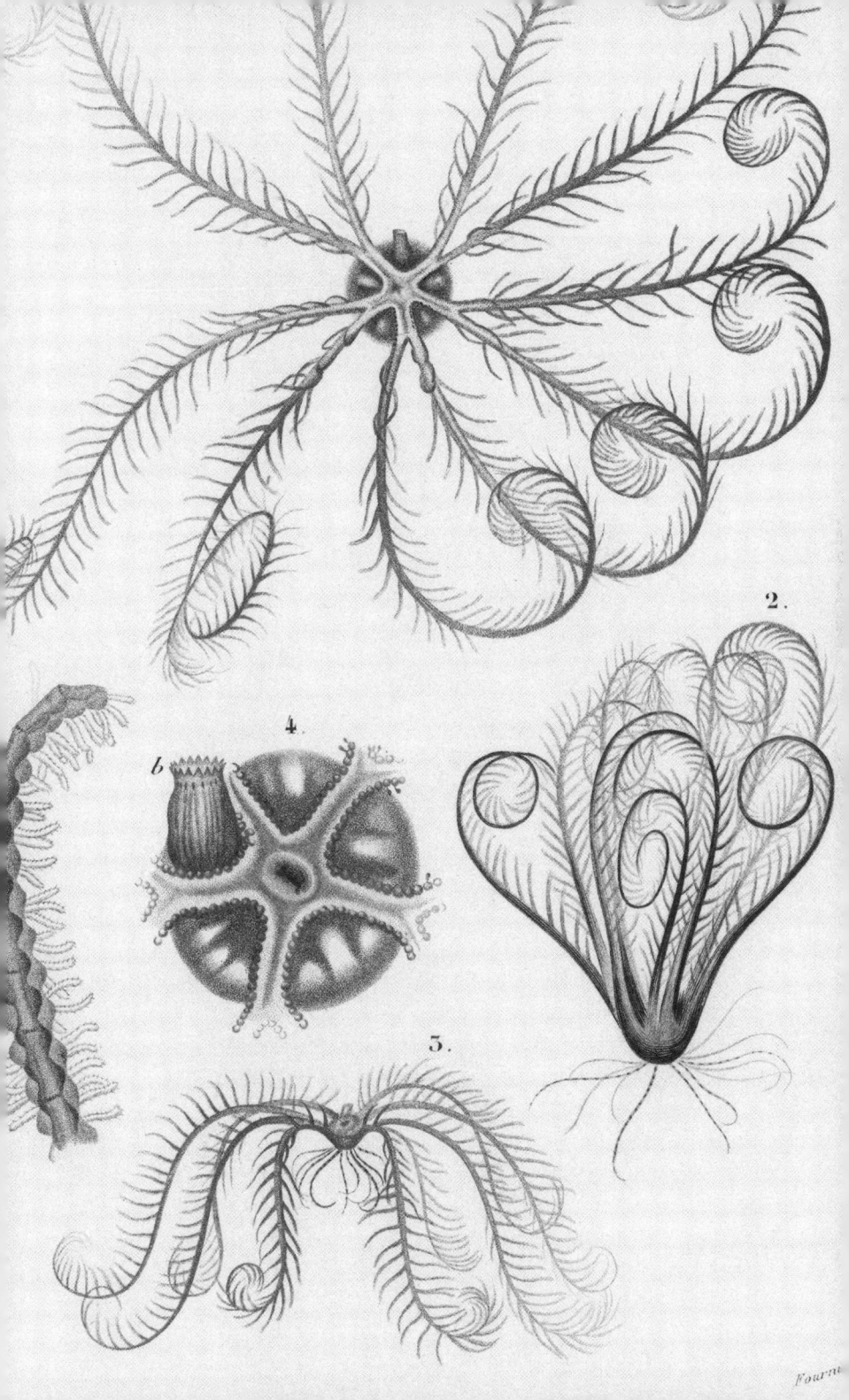

2.

4.

b

5.

Fourn

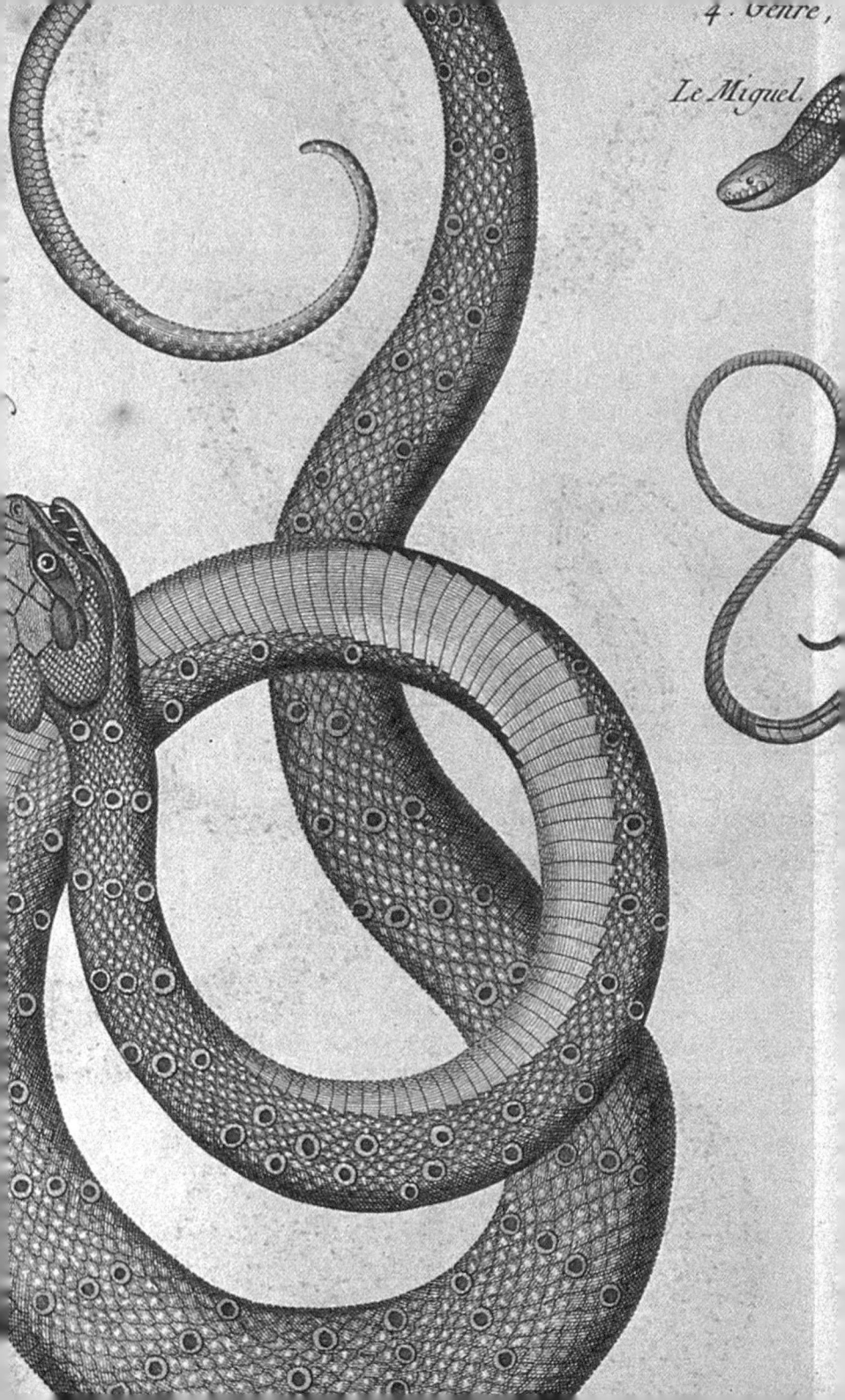

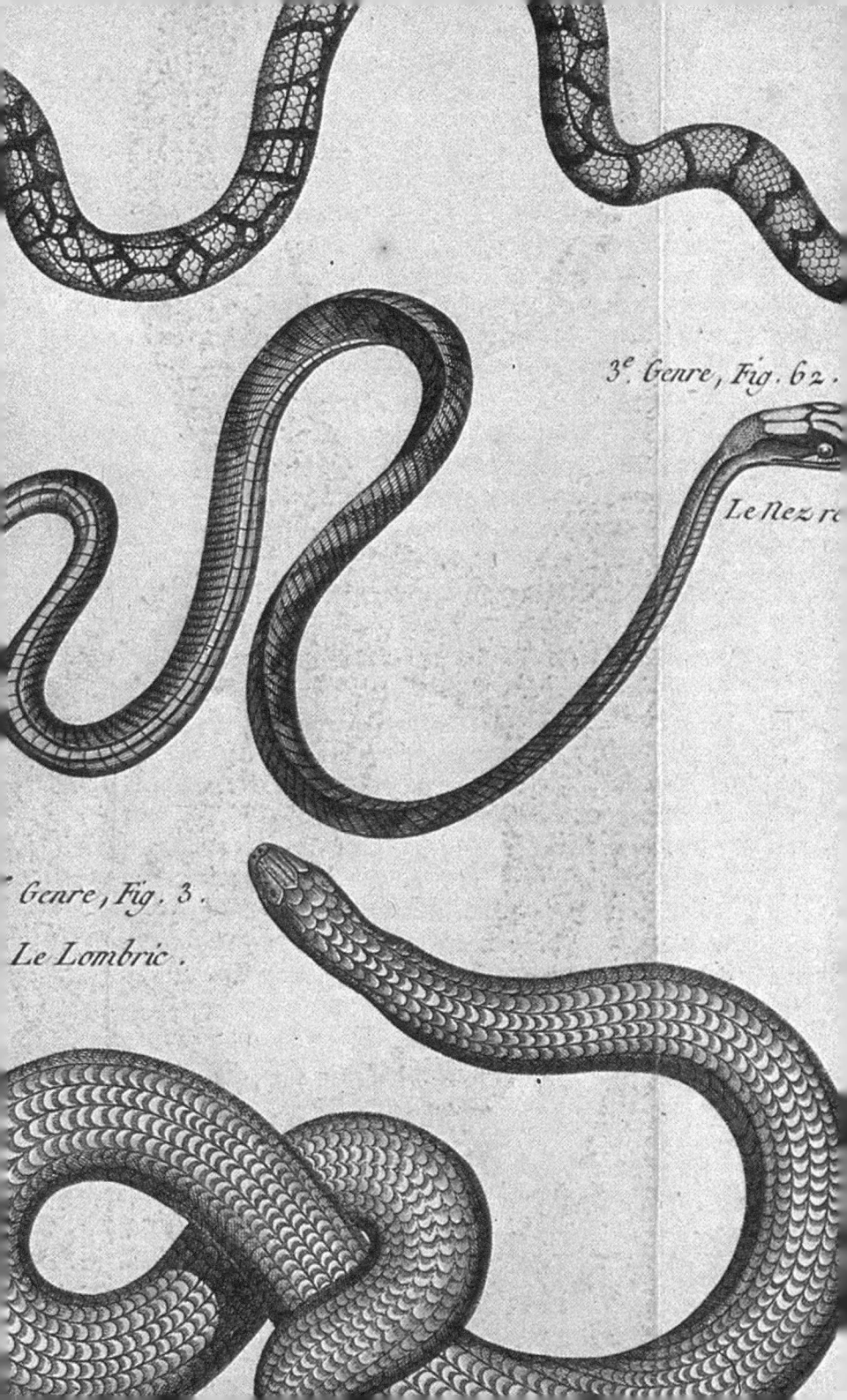

3.ᵉ Genre, Fig. 62.

Le Nez re

.ᵉ Genre, Fig. 3.

Le Lombric.

Acuario de dragones
(1996)

Nuestra sugerencia

Escamas de luz

Traducción de Rebeca Cardeñoso

«Hace mucho tiempo, a la luna le brotó una ciudad en la piel,
como una concha de nácar alrededor de una perla, y en esa ciudad
estéril vive una diosa que una vez fue una joven.»

www.duermevelaediciones.es

Nuestra sugerencia

Tierra profana

Traducción de Alexander Páez

Posfacio de Nieves Mories

«Uno no olvida su hogar, sin importar el tiempo que lleve fuera, sin importar que viva en otro lugar, camine bajo otro cielo, hable en otro idioma.»

www.duermevelaediciones.es